「これも出会いの一つなのかもしれませんね。
連れて帰ることにしましょう」
阿部さん
ミズモチさん
道にスライムが
捨てられていたから
連れて帰りました
～おじさんとスライムのほのぼの冒険ライフ～

湊静香さん
さすがはミズモチさん、
動きが速いです。

道にスライムが捨てられていたから連れて帰りました

～おじさんとスライムのほのぼの冒険ライフ～

michi ni slime ga
suterarete itakara
tsurete kaeri mashita
～ojisan to slime no
hono bono bouken life～

イコ

illustration
いもいち

口絵・本文イラスト
いもいち

装丁
木村デザイン・ラボ

contents

michi ni slime ga suterarete itakara tsurete kaeri mashita ~ojisan to slime no hono bono bouken life~

本書は、２０２３年にカクヨムで実施された
第８回カクヨムＷｅｂ小説コンテスト ライト文芸部門特別賞を受賞した
「道にスライムが捨てられていたから連れて帰りました」
を改題の上、加筆修正したものです。

第一話　道にスライムが捨てられていました

二〇二二年　十月某日　午前零時

誰にでも人生の分岐点が訪れることはあるでしょう。

私は四十になり、日々の激務によって心身共に追い詰められ、髪は抜け落ち、サイドとバックに残った髪が貴重になりました。

不摂生な食事がたたって、体からは加齢臭《かれいしゅう》まで出始めています。

このまま遠方に住む両親がなくなってしまえば、本当に孤独になってしまいます。

そんな事をふとしたときに考えるようになりました。

私の見た目は痩《や》せているのに腹が出ていて、額から脂汗が噴き出すんです。

Ｔｈｅ、オッサンというものになってしまったなぁ～とね。

「袋はいりません」

「ありがとうございました」

深夜のコンビニで、ビールとホタテチーズを購入してエコバッグに入れます。

スマホでニュース記事を読みながら帰っていると、電柱のところにダンボールがおいてあるのを見つけました。

《動物を捨てるのは犯罪です》という放送を見たことがあります。

犯罪と訴えても、心無い人は減らないようです。

動物が好きなので、捨てられているのを見ると悲しくなります。

ペットを買うお金の余裕はありませんが、拾うならこれも縁ですね。

段ボールの中を覗《のぞ》き込みました。

「えっ？」

ダンボールの中には、小さなスライムがはいっていました。

「スライム？」

一瞬固まり、気持ちを落ち着けて、思考を巡らせます。

十年以上前に、スライムを含む魔物と呼ばれる新種の生物が発見されたニュースを見ました。

魔物がどこからきたのかは不明ですが、新しい生物については興味があったので、魔物とはどういう存在なのか気になって調べたことがあります。

魔物は人や動物と違って、体内にある魔石が心臓の代わりとなって生きており、血液の代わりに魔力を循環させることで、生命維持をしているそうです。

魔石や魔力など、よくわからない単語が出てきましたが、今までは存在しなかった新たな生物だと記載されていました。

魔物が発見された当初、人が襲われたため危険な存在だと言われていました。

しかし、そんな魔物に対する考えが変わる報道が数年前に発表されたのです。

魔物をテイムしたという人が現れました。

テイムは魔物と契約を結ぶことです。

魔物の存在について頭の中で整理がついたので、もう一度ダンボールを覗き込みます。

「人を襲う危険な魔物には見えませんね」

弱っているのか動きません。

拾い上げてみると、柔らかくてプルプルとした肌触りに掌《てのひら》ほどの大きさで小さく、丸いまま固まっています。

「これも出会いの一つなのかもしれませんね。連れて帰ることにしましょう」

これまで関わり合いのなかった魔物との交流を持つということは、私にとっての分岐点だったのかもしれません。

ビールとホタテチーズをカバンに入れ替え、スライムさんをエコバッグに入れて覗き込みます。

「和菓子の水餅《みずもち》のように見えますね」

見ているだけで、何となく癒やされます。

◇

自宅に帰り、部屋の電気をつけました。

テーブルにタオルを敷いて、スライムさんをそっとエコバッグから移動させます。

私が持ち上げると、プルプルと反応してくれました。

なんとも言えない柔らかな感触に触れているだけで癒やされて、自然と目尻《めじり》が下がって、綻《ほころ》んでしまいますね。

弱っていますが生存を確認できて、ホッとします。

「さて、連れて帰ってきたのはいいですが、どうすれば元気になってくれるのでしょうか？」

スマホで検索して、スライムの飼い方を調べてみました。

「おっ、ブログを書かれている方がいます」

魔物が世界に出現して十数年が経《た》ち、生活に溶け込むようになったことで、解説している方が数名おられました。

アンジュさんという方のブログに、スライムの飼い方が丁寧な内容で書かれています。

「ふむふむ、まずは何かを食べさせてあげると良いのですね。スライムさんは何でも食べるようなので、とりあえず水餅みたいですから、水を飲ませてみましょう」

私はお皿に水をいれて、スライムさんの近くにおきました。

プルプルとして、震えている姿が可愛《かわい》いです。

「おっ、水を飲んでくれましたね」

犬や猫の元気な姿が好きだったので、スライムさんにも元気になってほしいです。

「あっ、名前がないと不便ですね。いつまでもスライムさんはかわいそうです。う～ん、そうですね。やっぱり水餅に見えるので、ミズモチにしましょうか？」

透明な体に真ん丸な状態で固まるゲル状生命体のスライムは、見た目は水餅そのものです。水を飲んでいたスライムさんこと、ミズモチさんがプルプルと震えています。

「ミズモチさん。いかがですか？」

私が名前を呼ぶと、ミズモチさんとの間に、先ほどよりも親近感を覚えます。

心と心がつながったような不思議な感覚です。

「ふむふむ、気に入ってくださいましたか？」

喜んでいるのが伝わってくるので、こちらまで嬉《うれ》しくなりました。

「ミズモチさん。先ほどよりも大きくなりましたか？」

掌サイズなのは変わりませんが、少しだけ大きくなったような気がします。

弱ってしまうほど、お腹《なか》が空《す》いていたのでしょうね。

水だけで満足できるはずがありません。

他にも食べる物がないか、部屋の中を探しました。

「明日は買い物に行ってきますね。たくさん食べられる物を買ってきます。今あるのは朝に食べようと思っていたバターロールなのですが、食べられますか？」

バターロールを少しちぎって渡してあげました。

ミズモチさんは口がないので、パンを近づけると透明な体の中にパンが落ちて溶けていきます。

「おお、そうやって食べるのですね。あっ、一応ミズモチさんは魔物ですよね。お腹が空いているなら、寝ている間に私が食べられてしまうなんてありえるのでしょうか？」

スマホで魔物のテイムについて調べてみます。

テイムのやり方は簡単に検索できました。

「何々、魔物のテイムのやり方は、まずは、魔物を弱らせます」

ミズモチさんは拾った時から弱っていました。

「次に魔物が好む餌を与えます。えっ？　ミズモチさんの好きな物ってなんでしょうか？」

私はスライムさんの好みについて調べてみましたが、スライムさんに好みはなく。

アンジュさんのブログと同じく、何でも食べると書かれていました。

好き嫌いがないのは良いことです。

「なるほど、なんでもいいのですね。それでは先ほどのパンでもいいのでしょうか？」

私はスマホをスライドさせて、最後のページを見ます。

《テイムを実際にするためには》という項目へ進みました。

「ふむふむ、最後は名前を付けてあげましょう。名前を付けて、魔物が認めてくれれば、テイム完了です。テイムが完了すると、魔物と心を通わせられるようになります。そうすれば魔物が嫌がること以外は、言うことを聞いてくれるようになります」

そういうことだったんですね。

先ほど名前を付けてあげた際に、ミズモチさんと心が通い合った気がしました。

あの時にテイムが完了していたようです。

「ミズモチさん。お嫌でなければ、私の下に来て手の上に乗っていただけますか？」

しばらくプルプルと震えていたミズモチさんは、ゆっくりとこちらに向かってきて、掌に乗ってくれました。

「おお！　なんとカワユイのでしょうか。ミズモチさんはプルプルとして、ヒンヤリとして、最高なのです。潰《つぶ》してはいけません。ミズモチさんのお家《うち》も作らないといけませんね」

《スライムの生態》というアンジュさんのブログ内容に、スライムさんは狭いところが好きと書いてありました。ダンボールを、拾ってくればよかったです。

私は簡易のお家として、別の物を差し出してみました。

「ミズモチさん、マグカップなのですが、はいれますか？」

昔、NEWTUBEでマグカップに入った子猫様を見たことがあります。

「おっ、おっ、入ってくれるのですか？　おお、凄《すご》い！　ピッタリです」

マグカップに入っていくミズモチさんはなんと可愛いのでしょうか？　綺麗《きれい》にハマったミズモチさんはプルプルとしています。

しばらくプルプルしている姿を眺めていると、納まりの良いところを見つけたのか、体が動かなくなりました。

「寝たのでしょうか？　おやすみなさい。ミズモチさん」

弱っていたミズモチさんが落ち着いてくれたことに安堵《あんど》しました。

「明日は休みなので、色々買い物に行きましょう。ハァ、今日まで地獄のような日々だったのに、ミズモチさんと出会ったことで、元気が出ました」

ミズモチさんを突《つつ》くとプルプルと震えて、反応してくれるのが可愛いです。

寝ているのを邪魔してはいけないので、一度だけで我慢しました。

これから楽しみです。ミズモチさんがいるだけで、元気が湧いてきます。

「うわっ、いつの間にこんな時間に。ハァ、疲れましたので、シャワーに入って寝てしまいましょう。ビールはぬるくなっているでしょうから、また明日ですね」

一人暮らしが長くなると、独り言が増えてしまいます。

今日はそれも嬉しいような気がして、明日が楽しみです。

◇

目が覚めた私はすぐにミズモチさんを探しました。

昨日の出来事が夢だったのではないかと思ったからです。

ミズモチさんはマグカップスライムのまま寝ておられました。

テーブルに置いたマグカップからミズモチさんの頭部が漏れ出ています。

全く動いていませんね。

朝に食べようと思っていたバターロールはミズモチさんにあげてしまったので、コーヒーだけで朝食を終わらせます。

「ミズモチさん、お水の用意が出来ましたよ」

声をかけると、ミズモチさんがマグカップからプルプルしながら出てきました。

ハウッ！　なんと可愛い生き物なんでしょうか？

どの動物も可愛いですが、私は本日からスライム派です。

もうスライムの虜《とりこ》になりました。

ゆっくり、のっそり、水が入ったお皿に近づいて、全て飲み干してしまいます。

昨日よりも、少しだけ元気になったミズモチさんに、朝からほっこりさせられました。

「今日はミズモチさんのお家と食料調達をするためにお出かけしますよ」

ミズモチさんとの生活をするために、これからのことをスマホで調べました。

スライムについて詳しく書かれていたアンジュさんのブログです。

すでにブックマークをして、いつでも閲覧できるようにしています。

《スライムの飼い方》という題名のブログを、コーヒーを飲みながら見ていきます。

昨日も思いましたが、テイムの情報やスライムの飼い方など、細かく書いてくれているので、ブロガーのアンジュさんは凄い人です。丁寧な文章も読みやすいです。

「スライムはテイムされると、マスターの指示がなければ動きません。そのため飼いやすい魔物第一位と言えます。ただ、他の魔物と戦闘するには最弱です」

私は戦闘を行うことがないので、ミズモチさんが弱くても問題ありません。

「外に連れ出す際は、冒険者ギルドで登録を行って、スライムをテイムしたことを国に申請しておきましょう」

えっ！　申請がいるのですか？　確かにスライムは魔物の一種ですからね。

危険と判断されないようにしないといけないというわけですね。

「スライムは、大きさを自由に変えられるため、外に連れ出す際はカバンに入れても大丈夫です。但し、最小の大きさ、最大の大きさがあるので、スライムに無理をさせないようにサイズは気をつけてあげましょう。スライムによって大きさを変えられる力は異なるため、あまり無理に大きさを変えようとすると弱って死んでしまいます」

なんと、大きさを変えられるのですか？　ミズモチさん凄いです。

それでもやはり無理はいけませんね。

私も仕事で無理が祟《たた》って倒れたことがあります。

今日の私は、ミズモチさんに出会えたおかげで元気になれました。

私はミズモチさんに無理は絶対にさせないと誓いをたてます。

健康的に大きくなってほしいです。

「ふむふむ、ミズモチさんはとりあえず何でも食べて、どこにでも連れていける良い子なのですね。ペットと会社に一緒に行けるとか最高じゃないですか？　癒やしがそばにいる。想像するだけで楽しそうです。ただ、会社に連れていったら、ミズモチさんのストレスになりそうですね。それはやめておきましょう」

本日は、仕事も休みなので冒険者ギルドに行こうと思います。

「スライムを飼うためには申請が必要ですから」

幸い、冒険者ギルドで出来る登録と申請は、日曜日でも問題ないそうです。

長年愛用しているスーパーカブさんに乗り込んで出発です。

都心部から少し離れた我が家、冒険者ギルドまで三十分ほどです。

◇

冒険者ギルドに到着しました。

駐車場で、必要書類と登録料を確認して建物に入ります。

昔の市役所を改装して作られた、洋館風の建物は豪華な作りをしています。

ギルド内は大勢の人達で賑《にぎ》わっていて、若者が多いように感じるのは、今一番の流行《はや》り職業だからでしょうか？　私と同い年ぐらいの方もチラホラと見かけます。

人混みはあまり得意ではないので、受付を探してインフォメーションに辿《たど》りつきました。

「すいません。冒険者登録と魔物のテイム申請をお願いしたいのですが？」

インフォメーションの女性は、アナウンサー風の綺麗な方で、少し緊張してしまいます。

「はい。新しい冒険者希望の方ですね。右の通路をお進みいただきますと、冒険者登録受付になります。また、テイムした魔物の登録も同時に行えますよ」

親切に教えてくれる女性は、とても丁寧で、危うく恋に落ちてしまいそうでした。

恋愛から縁遠い私には美しい女性が眩《まぶ》しく見えてしまうのです。

「ありがとうございます」

私は礼を述べて、通路を進んで行きました。

受付があるフロアに辿りつくと、若者たちがたくさんいて、緊張してしまいます。

順番待ちをしている人が多いなかで、空いている受付が一つだけありました。

向かってみれば、スキンヘッドに厳《いか》ついオジ様が座っています。

体格も良くて、歴戦の戦士を思わせる眼光。

若者たちからすれば、見た目が怖すぎて避けてしまうでしょうね。

しかも他人を寄せ付けないように、腕を組んで威圧しています。

「あの～、よろしいでしょうか？」

「……ああ」

私が話しかけると、一瞬固まり、良いのか悪いのか判断に困る返事をされました。

返答ではあったと判断して、ここは社会人として怯《おび》えることなく、普通に接することにします。

「冒険者登録と魔物のテイム登録をお願いしたいのですが？」

普段から、厄介な取引先を相手にしている私としては、この程度の威圧に屈するわけにはいきません。

「こちらへ」

オジ様は、書類を二通出して指で記入するところを伝えてきました。

名前と住所、現在の職業を記入するようです。

見慣れない項目としては、冒険者の職業を書く欄があり、項目から選ぶようです。

ソードマンやマジシャンといった職業名が、一覧に書かれており、私はスライムさんをテイムしたので、ビーストテイマーという職業を選択しました。

・名前：阿部《アベ》秀雄《ヒデオ》
・年齢：四十歳
・性別：男
・住所：ピー
・職業：ブラック商事事務
・冒険者職業：ビーストテイマー
・テイムモンスター、種族名：スライム、個体名：ミズモチさん全ての項目を記入し終わったので、身分証と共に提出しました。

三千円ほどの料金で、登録が出来るそうです。

「これでいいでしょうか？」

私が書類を差し出すと、オジ様は親指を立てて判を押してくれました。

どうやらこれでよかったようです。

そっと、冒険者の手引きなる冊子を渡してくれました。

私は冒険者の仕事をする気はないのですが、相手の好意を無下にしてはいけません。

お礼を述べて受付を離れます。

オジ様はコミュニケーションを取るのが苦手な様子でした。

私が受付から離れて冊子を受け取ったところを見た若者達から、拍手をされたのはビックリしました。

「普通に登録できました！」

いつもより大きめの独り言を言ってから立ち去ります。

これでオジ様の下に若者が向かってくれると良いのですが。

「一つ目の関門はクリアです」

冒険者ギルドを出た私は溜《た》め息《いき》を吐《つ》いて、ミッションをやり遂げた安堵を口にしました。

リュックの中で、ミズモチさんも喜んでくれているような気がします。

気づいていませんでしたが、冊子に冒険者カードが挟まっていました。

冒険者カードの裏面には、ミズモチさんの登録証としての役目もあるみたいです。

もう少しだけ説明をしてくださるとありがたかったです。

冒険者として仕事をするつもりはないので、冊子はいらないかと思っていました。

危うくゴミ箱に捨ててしまうところでした。

今度、受付でオジ様に会う時は、注意を言ってあげましょう。

「それでは次はホームセンターに行きましょう。ミズモチさんのお家を買って、最後はスーパーで食品の購入です」

リュックの中にいるのに、なぜだかミズモチさんが喜んでいるのが伝わってきます。

これが気持ちが通じ合うということなのでしょうか？　ふと、両親がいる実家が恋しくなりました。最近、流行《はやり》病のせいで、なかなか実家にも帰れていません。

人と話をして気持ちを通わす喜びを思い出してしまいました。

魔物が発見されて、魔物が生まれる場所をダンジョンと呼ぶようになり、ダンジョンには鉱物やエネルギーとなるアイテムが存在するので、新たな資源調達に皆さんの気持ちも活性化しています。

流行病も経済も、良い環境になってくれればいいのですが……。

◇

「さて、ミズモチさんのお家は何がいいのでしょうか？」

ホームセンターに到着しました。

そっとリュックの中を覗《のぞ》きます。

ミズモチさんが、タオルにくるまって可愛く寝ておられました。

このリュックをミズモチさんのお家にしてもいいのではないかと思ってしまうほどです。

お魚さんの水槽や、犬猫用のフカフカベッドを見ました。

どうにもミズモチさんが気に入っているようには感じません。

ふと、目にとまったのはダンボールです。

ミズモチさんを拾ったとき、ダンボールの中に入っていました。

そういえば、実家で飼っていた猫ちゃんは、ダンボールに入るのが好きでしたね。

試しに小さめのダンボールをミズモチさんに近づけます。

ミズモチさんは、リュックから出てダンボールの中へ入ろうとしました。

「おやっ、ミズモチさん。これがいいのですか？　よしよし、それではこれを買って帰りましょう」

予算よりも、遥《はる》かに安いお家を購入してホームセンターを後にしました。

ダンボールを購入して、気分良くスーパーカブに乗り込みます。


スーパーでは、大量に食材を購入してきました。

ミズモチさんが何を好きなのか分かりませんからね。

野菜、お肉、お魚、発酵食品、缶詰、パンや冷凍食品まで、多種多様に買ってミズモチさんに食していただきます。冷蔵庫がいっぱいになるのは久しぶりです。

購入してきた食材を冷蔵庫に納めて一息つきました。

私たちは朝に飲み物を摂取しただけなので、スーパーで購入したお弁当で、ブランチにしたいと思います。

「ミズモチさん。コロッケは食べられますか？」

惣菜《そうざい》コーナーに置いてあり、美味《おい》しそうだったので購入したコロッケを、ミズモチさんのお皿に載せます。本当にスライムさんはなんでも食べてくれるので、お野菜も、天ぷらも、お皿におけば無くなっていきます。

お昼を食べた私は、アンジュさんのブログを見て、ダンボールを部屋の隅っこにおきました。スライムさんは狭いところが好きだと書いていたからです。

「ミズモチさんのベッドですよ。いかがですか？」

プルプルと震えて、ミズモチさんが喜んでいます。

「気に入ってくださったようですね。本日は食材もたくさん買ってきましたので、いっぱい食べられるように夜は鍋《なべ》にしましょう。一人ではなかなか鍋をする機会もありませんでした。実は私、鍋料理が好きなんです」

お昼を食べたばかりなので、しばらくは家の用事をすることにしました。

休みの日の独身男性には、洗濯と掃除が待ち受けています。

午前中にお出かけをしたので、家の用事を行っている間に時間が過ぎていき、少しだけ休憩しようとミズモチさんを眺めていると、寝てしまいました。

目が覚めるとミズモチさんもダンボールで寝ています。

ミズモチさんが寝ている姿を見ると、つい口元が綻《ほころ》んでしまいますね。

さて、そろそろ夕食を作るとしましょう。

鍋用に、ポン酢と胡麻《ごま》ダレを買ってきました。

ミズモチさんはどっち派でしょうか？　私はポン酢派なのですが、肉はポン酢、野菜はたまに胡麻ダレ派です。それとアクセントとして、一味を多少入れるのも好きです。

「今日は寄せ鍋の出汁《だし》を買ってきましたからね」

野菜と魚を切って、出汁に具材を入れて煮立ったら完成です。

大きな鍋にたくさんの食材が素晴らしいハーモニーを奏でております。

美味しそうな、良い匂いがします。

「ミズモチさん。お鍋ができましたよ」

声をかけるとダンボールから、モゾモゾ、プルプルとしながら出てこられました。

小さな体がピョンとテーブルの上にジャンプします。

ミズモチさんが、テーブルの上で食べるスタンバイを整えました。

お皿の上にお野菜を置いて、ミズモチさんに差し出します。

熱くないのかな？　しっかりと溶かしていくので大丈夫でしょうか？　食事中に触ったら怒りますか？　ちょっとだけです。私はミズモチさんに触れてみました。

「熱っ！」

ミズモチさん熱かったんですね。

すいません、ちゃんと冷まして渡します。

「ミズモチさん、冷水です。どうぞ飲んでください」

ミズモチさんから、何やら満足そうな気持ちが伝わってきます。

どうやら熱くても、美味しかったようです。

ミズモチさんもお鍋を美味しく感じてくれています。

その後も、適度に冷ました野菜や、お魚をお皿に載せてあげました。

美味しいのか、すぐに食べてくれます。

誰かと一緒に食べる鍋は楽しいです。あっという間に食べ終えてしまいました。

「ふぅ、久しぶりのお鍋は最高です」

プルプルと震えて喜びを表現してくれる、ミズモチさんにほっこりします。

「そうだ。昨日は遅かったのでミズモチさんを洗えませんでした。なので、一緒にお風呂《ふろ》に入りましょう」

ビールを飲んで、テンションが上がっています。

湯船にお湯を張り、ミズモチさんとお風呂に入りました。

ミズモチさんに石鹸《せっけん》を使ってはいけない気がして、湯で体を洗い流してあげました。

「ふぅ、気持ちいいですね」

ミズモチさんと共に湯船に浸《つ》かります。

プカプカと浮かんでいたミズモチさんが、お湯を飲み始めました。

「ミズモチさん！　お風呂のお湯は飲んではダメですよ！」

止めた時には遅く、湯船のお湯は半分以上が無くなっていました。

お湯を飲んだことで、ミズモチさんの体が膨れ上がって、コマーシャルで見たことがある、人をダメにするクッションぐらい大きくなりました。とても触り心地が良さそうです。

「ミズモチさん。お願いがあるのですが、今日は一緒に寝てくれませんか?」

プルプルと喜んでくれています。

私はお風呂を上がって、ミズモチさんの体についた水滴を拭《ふ》き取り、一緒に布団に入りました。

明日から仕事は嫌ですが、ミズモチさんがいるから頑張れそうです。

私が寝返りをするたびに、ミズモチさんの弾力ある体が跳ね返してくれるのです。

心地よい眠りが出来ました。

第二話　初めての戦闘

普段の私はブラック商事の事務員として仕事をしています。

事務員と言っても仕事は多岐に亘《わた》り、ブラック商事では全ての仕事ができなければいけません。

事務仕事はもちろん、経理仕事に、営業、取引先にも顔合わせが必要です。

私には直属の上司がいるのですが、彼は課長という地位に見合う仕事を行ってはいません。彼の仕事も全て私に丸投げされているのです。

「俺の部下なら、仕事はまとめてしろ」

意味がわからない理不尽な命令によって、私の仕事は他の社員よりも多いのです。

彼が仕事をしないせいで、取引先に迷惑がかかってはいけません。

私は納期ギリギリになったとしても、一人で仕事を処理しています。

ブラック商事の主な事業としては、外資系の物流業務を行っております。

物流の仲介をしているため、海外から入ってくる品物の確認をして、その品物を発注元に届けて料金の回収までが業務内容です。

その間に挟まる書類の作成が、本来の事務仕事になります。

ただ上司のせいで、私は全ての業務に顔を出さなければいけないため、午前中は営業に出て、午後から事務員としてメインの仕事をしています。

数年前から事務仕事に、同僚と呼べる方が二人できました。

四年前に入ってきた、五十歳を過ぎた年上の女性で、三島節子《ミシマセツコ》さん。

彼女は上司と同じタイプの人間で、仕事をマトモにしてくれません。

少し語弊のある言い方をしてしまいました。同じにするのは三島さんに失礼ですね。

うちの会社にはショールームという展示スペースがあり、取り扱っている商品を見せる店舗が存在します。

三島さんは、事務仕事と並行してショールームの受付をしてくれています。店舗の来客数は、一ヶ月に十名ほどなので、事務仕事を手伝う時間はありそうに見えてしまいます。

もう一人は、三年前に入社してきた元銀行員の若い女性で、矢場沢薫《ヤバサワカオリ》さんと言います。彼女は経理業務を担当してくれています。

普段は無口であまり会話をしない方です。

前の職場で色々あったそうで、対人恐怖症になられ、一緒に働いていても話しかけてはいけないオーラを醸し出しています。

特に気になるのは、事務仕事だと言っても、ギャルメイクで来るのはどうなのでしょうか？　彼女にも色々とあるのでしょうけど、社会人として私は馴染《なじ》めません。

といっても、他の方々に比べれば仕事をちゃんとしてくれるので助かっています。

「阿部《アベ》さん」

矢場沢さんから話しかけてきました。

腕を組み、声をかけてくれたのに近づきたくないのか、距離を感じます。

「はっ、はい。なんですか？」

「これなんですけど」

上司が接待という名目で紛れ込ませた飲食代の領収書でした。

ハァ、こういうことを指摘したくありませんが、紛れもなく横領です。

久しぶりに事務所に出社してきたと思えば、横領をするためにやってきてたのかと思うと、溜《た》め息《いき》が出てしまいますね。

ブラック商事の仕事に魔が差して、こういうことをしてしまう気持ちはわかります。

ですが、これが犯罪である以上は、見逃すことはできません。

これを見逃してしまえば、経理を担当してくれている矢場沢さんに罪を被《かぶ》せることになります。

苦手な人ではありますが、無実の罪を被せるわけにはいきません。

「見つけてくれてありがとうございます。私の方から言っておきますね」

「えっ？」

「何か？」

「言うんですか？」

どうやら私に伝えても意味がないと思っていたようです。

それでも報告するのは見た目に反して真面目な性格なんでしょうね。

「はい。もちろんです。こんなことを許すわけにはいきませんから」

私は矢場沢さんから領収書を受け取って、上司の下へ向かいました。

普段なら、サボるために、取引先に営業だと言って事務所にすら来ません。

忌々しいことに髪の毛の薄い私とは違って、羨《うらや》ましいほどフサフサな髪をしています。髪と同じように、体型は私は細く、上司は丸々と太っています。

「なっ、なんだ！　阿部！」

私は課長に見せるように領収書を空中で突きつけました。

「課長、これは横領です」

「すっ、少しぐらい良いじゃないか！　接待交際費で落とせるだろ？」

「無理です。経理も担当している私の責任になりますので。バレた時のことを考えて、私は社長に報告させていただきます。よろしいですか？」

「くっ！　もういい、貸せ！」

上司は、私の見ている前で領収書を破り捨てました。

理不尽に罵《ののし》ってくる上司ですが、毅然《きぜん》とした態度で正論を伝えれば、自分の立場が悪いことは理解されています。

要領がいいと言えばいいのか、長い物に巻かれろという心情をお持ちのようです。

私は社長に採用された人間なので、こういう時は社長の名を引き合いに出せば、言うことを聞かせることもできます。

小さな会社でも派閥的なものがあり、課長は部長派なので、私のことが気に入らないようです。社長は海外を転々としていて取引先を見つけているので、普段は会社に戻ることはありません。そのため部長派が会社で偉そうにしています。

「それでは」

私が席に戻ると矢場沢さんが驚いた顔をしていました。

普段は話すことがないので、このようなことがない限りは接点がありませんからね。

驚いた顔をしながら、お礼を伝えるために頭を下げてくれました。

気にしないで良いと片手を上げます。

「これをやっておけ！　私は営業先へ行ってくる！」

二人の目配せを邪魔するように課長が間に割り込んで、大量の書類を私の机に置かれました。先ほどの仕返しのつもりなのでしょう。

なんの仕事もしていないのに、飛び出していく課長に溜《た》め息《いき》を吐《つ》いてしまいます。

いつものことです。どうせ課長に任せてもミスが多いので自分でやった方が早いです。

ただ、今の私には希望があります。家に帰ればミズモチさんが癒やしてくれるのです。

「あの、阿部さん」

矢場沢さんにしては珍しいですね。声をかけてきたのは、本日二度目です。

必要がなければ一ヶ月間、挨拶《あいさつ》すらしない方なのですから。

「先ほどはありがとうございました。手伝いましょうか？」

大量の資料に視線を向けて、矢場沢さんが声をかけてくれました。

どうやら先ほどの課長への対応で、多少は態度を軟化させてくれたようですね。

「大丈夫ですよ。元々課長に任せてはおけない仕事なので、自分でやるつもりでした」

「そうですか……、阿部さん」

本日は本当に珍しいですね。矢場沢さんに三度も呼ばれました。

「はい。なんでしょうか？」

「何かいいことありましたか？」

彼女が他人に、いいえ、私に対して興味を持つのは珍しいですね。

普段は近づくなという雰囲気と、見た目が苦手なので、私自身も距離をとっていました。

意外に口調は丁寧で、仕事もちゃんとしてくれる方です。

「ふふ、分かりますか？」

私はミズモチさんのことを思い出して、笑ってしまいました。

「えっ！　キモッ」

なっ！　ショックです！　若い女の子にキモいと言われてしまいました。

泣いても良いでしょうか？

「あっ、すいません。ちょっと……、笑い方が苦手だったので……、すいません」

近づきつつあった距離がまた開いてしまいました。

ハァ、人間関係は難しいですね。私の方が人間不信になりそうです。

「あっ、いえ、こちらこそキモく笑ってしまい、すいません」

なんで私が謝らなくちゃいけないんですか？　泣きたいぐらいです。

「いえ、いいことがあってよかったですね」

顔を背けて、後退《あとずさ》りながらフォローしてくれました。

「はい、良いことがあると仕事も頑張れるので、今日も頑張りますよ」

それ以上の会話はありませんでした。

珍しく三度も矢場沢さんが、名前を呼んでくれました。

これも、ミズモチさんの御利益ですね。

これまでよりは、矢場沢さんと打ち解けたように感じます。

◇

今日は仕事でも良いことがあったので、気分良く家に帰ってきました。

「ミズモチさん、ただいまです。今日は良いことがあったんですよ」

そう言って私はミズモチさんに話しかけながら家に入りました。

ミズモチさんは私が帰ってくると、玄関まで迎えに来てくれていたのです。

「どうしてまた小さくなっているんですか？　朝は人をダメにするクッションぐらい大きかったのに」

ミズモチさんが、初めて出会ったときぐらいまで小さくなってしまいました。

ミズモチさんが子供で、これが通常サイズなのでしょうか？

不安になって、アンジュさんのブログに助けを求めます。

「スライムが、一日で縮んでしまう原因はなんですか？」

アンジュさんのブログ内検索で、ミズモチさんの状態を入力して調べました。

「えっと、これでしょうか？」

スライムの不調の原因と書かれた項目を見つけました。

そこには、《魔物であるスライムには、魔力が必要》と書かれていたのです。

「魔力が必要？　どういうことでしょうか？」

アンジュさんの書かれたブログの内容には、魔石の中に魔力を溜《た》めている魔物は、魔力が多く集まる場所にいなければ、自身の体内にある魔力を消費して弱っていく。

そのため魔力を定期的に吸収しなければ、すぐに死んでしまう。

「こっ、これは、ミズモチさんを魔力が豊富に溢《あふ》れるダンジョンに連れていってあげなければ、死んでしまうということでしょうか？　ミズモチさんが死んでしまうのは嫌です。しかし、戦うことができないのに、魔物が現れるダンジョンに入ってしまえば、危ないのではないでしょうか？」

不安な気持ちが心を支配して、恐怖が湧いてきます。

ふと、テーブルに置かれた冊子が視界に入りました。

「冒険者が知るべき《初心者のススメ》？」

冊子の名前を見て、読んでみようという気になります。

目次

・冒険者とは
・冒険者のランク制度
・ダンジョンとは
・ダンジョンの種類

・魔物とは
・魔物の種類
・ダンジョンから取れるアイテム
・冒険者の装備一覧

冒険者としての基本が書かれた内容です。

不安を払拭《ふっしょく》するために、私は魔物が出没するダンジョンのページを開きました。

ダンジョンとは、突如現れたとされる、魔力によって生み出された未知なる環境変化を起こした場所を指します。魔力については、未《いま》だに明確な答えは出ていません。

ダンジョンから生み出された魔物を倒すと、人にも魔力が宿るようになり、体を強くしたり、魔法が使えるようになるレベルアップ現象が確認されました。

「レベルアップ？　まるでゲームのようですね」

例として、山間《やまあい》の洞窟《どうくつ》にダンジョンが出来て、そこから小鬼と言われる魔物が這《は》い出てくるようになりました。

小鬼は人を襲う危険な存在として、初めて日本で確認された魔物です。

魔物を生み出す場所をダンジョンと呼んでいますが、詳細はまだ解明されていないようです。不安を拭《ぬぐ》えないまま、他に役に立つことはないかと読みあさっていきます。

そして、ある一文を見つけました。

「ボスモンスターが一匹しかいないダンジョン？」

特殊ダンジョンと書かれた項目に、ボスしかいないため、中に入っても戦闘が発生しないと書かれていました。

「ここなら私でも行けそうです」

掌《てのひら》サイズのミズモチさんが弱っている状態であるなら、早く元気にしてあげたいです。

「よし、ミズモチさん。必ずあなたを元気にしてみせます」

覚悟を決めて、ミズモチさんを特殊ダンジョンへ連れていくことにしました。

汚れてもいいように、スーツから作業着に着替えて、リュックにミズモチさんを入れて、スーパーカブさん発進です。特殊ダンジョンに目が留まったのは、家から近かったことが一番の要因です。夜でも、近くなら行けると、そう思ったのです。

「こんなところにダンジョンがあったのですね。ここなら散歩にいいかもしれません」

誰もいないダンジョンは、人気が無いのでしょうか？　ダンジョンというよりも大きな洞窟です。深さ二百メートルの一本道で、一番奥まで行くと、大きな扉があり、ボスさんがいるお部屋があります。

そこまで行って帰ってくる、それだけならただの散歩ですね。

しばらく洞窟を歩いていると、小さく萎《しぼ》んでいたミズモチさんが、柴犬《しばいぬ》ぐらいの大きさにまで成長されました。

「おお、ミズモチさん、元気になられましたか？　よかった！」

ミズモチさんを抱きしめました。プルプルと体を震わせて、喜んでくれているようです。

「私も運動不足でしたからね。近いですし、散歩ついでに毎日来ることにしましょう」

私の言葉が嬉《うれ》しかったのか、ミズモチさんがプルプル震えて喜んでくれています。

「ふふ、ミズモチさんと出会ってからは良いことばかりです。気持ちが上がって、ご飯も食べて、散歩までして、健康的に過ごせています。ありがとうございます」

お礼を告げると、ミズモチさんが腕の中で楽しそうに弾んでいます。

プルプルと震えるのは、猫がグルグルと鳴くような感じでしょうか。

また一つミズモチさんの可愛《かわい》い思い出ができました。

◇

ミズモチさんを、ご近所ダンジョンさんへ連れていく生活は、私にとっても体調を好転させることに繋《つな》がりました。

それまで運動らしい運動をしてこなかった私は、初日の散歩で筋肉痛になりました。

「ここまで自分の体が弱っていたとは……」

自分だけであれば、体の痛みに負けて、散歩を一日で終わらせていたと思います。

ですが、ミズモチさんのためだと思えば、行かなければなりません。

仕事に行って、ミズモチさんに夕食を振る舞い（ビールはスーパーカブに乗るのでやめました）、散歩に出かける日々が、一ヶ月が過ぎた頃に、不思議な感覚を覚えました。

「あれ、私のお腹《なか》はこんなに薄かったでしょうか？」

中肉中背で元々全体的には細い方です。

ただ、お腹だけは出ている残念な体型をしていました。一ヶ月間ミズモチさんと休まず、ご近所ダンジョンさんに行ったお陰なのか、お腹が凹《へこ》みました。

「ふふ、ミズモチさんが来てからは、良いことばかりですね」

しっかりとご飯を食べているのに、体が軽くなって体調も良いのです。

最近はご近所ダンジョンさんでジョギングをしています。

どうせご近所ダンジョンさんの中は誰も来ません。

それに危険な魔物も出ません。

ボスモンスターが扉の向こうにいるそうですが、絶対に挑戦しません。

ですから、扉から少しだけ漏れ出す魔力をミズモチさんに与えてくれるだけでありがたいです。

「おや？　珍しいですね。ご近所ダンジョンさんに人がいるなんて」

いつも通り、ご近所ダンジョンさんへやってくると、ボス扉の前に人影がありました。

「こんにちは」

私は人影に向かって声をかけました。

いきなり現れて驚かせてはいけませんからね。

『ギャギギ！』

ですが、声をかけて振り返った相手は、額に角が生えた小鬼でした。

「なっ！　えっ？　どうして小鬼がここに？」

テレビで見た小鬼の姿を覚えていたので、すぐに相手が小鬼だと分かりました。

小学生ぐらいの身長に赤色の肌をして、醜悪な顔をした小鬼の魔物です。

スライムと並ぶ最弱な魔物ではありますが、それでも私にとっては怖い存在です。

「まっ、魔物！　ミズモチさん逃げますよ」

やっぱり魔物がいるからダンジョンなのです。

魔物は自分のテリトリーであるダンジョンから出ないと言われています。

ダンジョンの外まで逃げられたなら、大丈夫なはずです。

ご近所ダンジョンさんの広さは約二百メートル。

全力で走ればなんとか逃げられると思って、ミズモチさんを抱きかかえて走りました。

しかし思っている以上に小鬼の足が速くて、追いつかれ、回り込まれて、退路を断たれます。

「くっ、どうすればいいのでしょうか？」

アンジュさんのブログには、スライムは戦闘では最弱と書かれていました。

ミズモチさんを戦わせれば、絶対に勝てません。

「やるしかないようですね」

勝てないまでも、逃げるスキをなんとか作らねばなりません。

幸い、相手は武器を持っておらず、体も私の方が大きいです。

最近調子の良い体ですから、やれる気がしてきます。

「ミズモチさん、小鬼と戦闘します。私がスキを作りますので、攻撃をお願いしても大丈夫ですか？」

ミズモチさんを戦わせるのは本当は嫌です。

ですが、頼りない私一人では不安なので頼ることにしました。

私のお願いに対して、ミズモチさんはプルプルと震えて臨戦態勢を取っています。

ミズモチさんも魔物なのですね、やる気に満ちています。

「ふふ、心強いです」

ミズモチさんがいることで背中を守ってもらえる気がします。

私は勇気を持って小鬼と戦う決心をしました。

「私、子供の頃からケンカをしたこともないんです。だから、戦い方なんて分かりません。ふぅ、命の危機に直面してやらないわけにはいきませんね」

ジリジリと小鬼に近づいていくと、小鬼は私をバカにするような笑い方をしました。

油断してくれているなら、チャンスと判断して、私は身を屈《かが》めて突撃を仕掛けました。

「見よう見まねタックル！」

レスリングのタックルを真似《まね》ましたが、やったことがないことは上手《うま》くいくはずがありません。

思いっきり膝蹴《ひざげ》りを顔面に喰《く》らいました。

「痛っ！　めっちゃ痛い！　えっ！　物語なら、ここで私、結構戦えるじゃん的なシーンじゃないんですか？　めっちゃ痛いんですけど！」

鼻血と涙で視界は奪われ、痛みでパニックです。

「痛っ！　えっ、髪？　髪を掴《つか》んでいますか？　髪はダメですよ！　私の髪は私の命です！　絶対にダメなところです」

サイドに残された髪を掴まれて、鼻の痛みを忘れました。

「髪はダメ！」

動揺した私は小鬼から離れるために暴れて腕を振り回します。

運が良いことに、その一発が小鬼の顔面に当たり、小鬼の手が私の髪を引きちぎりながら離れました。

私が作り出したスキをミズモチさんは見逃しません。

ミズモチさんは、その柔らかなフォルムからは想像できない速度で、小鬼に体当たりをして、小鬼の顔面に張り付いて窒息させるように押し倒してしまいました。

小鬼ももがいていましたが、あっさりと倒されて終わります。

「えっ？　ミズモチさん、強すぎませんか？」

小鬼の体は不思議なことに、消えて小さな宝石だけになりました。

「えっ？　小鬼が消えた？」

鼻や髪に残る痛みは本物なので夢ではありません。

「ミズモチさん、ありがとうございます。ミズモチさんのお陰で命拾いしました。まさか、ここに魔物が出るなんて思いもしませんでした。はは、私が戦闘……」

今思い出すと体が震えてきます。

魔物があんなにも恐ろしい存在などと思いもしませんでした。

手が震え、体が震え、恐怖と痛みが今更に思い出されました。

プルプル……。

「ふふ、慰めてくれているのですか？」

震える私を気遣って、ミズモチさんが私の足下に来てプルプルと震えています。

ミズモチさんは命の恩人です。

小鬼を倒してくれました。

ミズモチさんがいなかったら、本当に死んでいたかもしれません。

私はミズモチさんを抱き上げました。

「ありがとうございます。ミズモチさんのお陰で助かりました」

私は改めてミズモチさんを抱きしめてお礼を伝えました。

すると、私とミズモチさんの体が光り出して、頭の中に昔ハマっていたゲームのレベルアップ音が鳴り響きます。

「えっ？　レベルアップしたんですか？」

色々と大変なことが続いたせいで驚きましたが、疲れて考えるのをやめました。

私たちはご近所ダンジョンさんを出て自宅へ帰還します。

◇

自宅に辿《たど》りついて、傷の手当をしました。

鼻からは出血があり、腫《は》れてしまっています。

右サイドの髪の毛は毟《むし》り取られて、一部分なくなっています。

ただ、怪我《けが》としては鼻に膝蹴りを喰らっただけで済みました。

ミズモチさんは傷一つありません。

お互いに大きな怪我がなくて本当によかったです。

明日は日曜日なので、膝蹴りを喰らったことで腫れてしまった鼻を、知り合いの誰かに見られなくて済みそうです。

そして、小鬼に掴まれた右サイドの髪がなくなり、変な髪の形になってしまいました。

「明日、理髪店に行くしかないですね」

手当を済ませて、痛み止めを飲んで、ホッと息を吐きます。

ミズモチさんはダンボールベッドでご就寝されました。

「一先《ひとま》ず、あのときの現象を調べないといけませんね」

ご近所ダンジョンさんから帰還する際に、良く知るゲームのレベルアップ音が鳴り響きました。

それは現実なのか？　ネット検索します。

ありがたいことにアンジュさんに続いて、すぐにヒットしました。

「冒険者になると味わう、レベルアップ現象」

今回、レベルアップについてブログを書いてくれているのは、マッスルV《ブイ》さんというブロガーさんです。

自己紹介アイコンには、可愛いアニメキャラを載せておられます。

レベルアップは、ダンジョンに生息する魔物を倒すことでレベル一になるそうです。

レベルアップの音は人によって異なり、自身が一番分かりやすい音で聞こえてきます。

マッスルVさんの投稿では、ダンジョンに一定回数潜っていると、体に魔力が溜《た》まっていき、その状態で魔物を倒すと、レベルが上がっていくというのです。

「レベルアップすると、どのような変化があるのでしょうか？」

ブログの続きを読むと、レベルアップの解説を書いてくれていました。

レベルアップをすると、ステータス魔法が使えるようになる。

「えっ？　ステータス魔法？」

私は疑問形でステータス魔法と口にしました。

するど、ゲームで見たことがありそうな、ステータス画面が表示されたのです。

・名前：アベ・ヒデオ
・年齢：四十歳
・種族：ヒト
・レベル：一（スキルポイント十）
・職業：ビーストテイマー
・能力：テイム
・使役：ミズモチ

「おお！　本当にステータスが見れました。それに冒険者の職業はこれで分かるんですね。冒険者ギルドの受付さん、本当に説明なさすぎです」

表示に触れることもできて、それぞれの詳細も記載されていました。

・名前：個体名
・年齢：誕生から経過日数で割り出す年
・種族：ＤＮＡで算出した種族＝ヒト
・レベル：魔力の蓄積量＋魔物を倒した経験値で算出
・スキルポイント：レベルアップ時に取得でき、ポイントによってスキルを習得可能
・職業：ダンジョンに挑戦する際のジョブ（アビリティはジョブから反映される）
・能力：冒険者職業から得られるスキル
・使役：テイムしている魔物

「凄《すご》いですね。レベルが上がるとスキルポイントがもらえるということですか。ダンジョンで役立つ能力や自分の内なる才能が習得できるようです」

いったい私にはどのような秘められた能力があるのでしょうか？　これは私の少年心がザワザワと騒ぎ出しますよ。

「イデヨ！　我が秘められた能力よ」

スキルポイントにタッチすると、スキル項目が現れました。

・テイムした魔物の攻撃強化
・テイムした魔物の防御強化
・テイムした魔物の魔法強化

・テイムした魔物の魔法防御強化
・テイムした魔物の状態異常耐性強化
・テイムした魔物の回復力強化
・テイムした魔物の状態異常回復力強化
・テイムした魔物の経験値アップ二倍
・自身の回復（極小）
・悪臭カット
・育毛

わかっていました。私に特別な才能なんてないんですよね。

平凡な毎日を送ってきました。ただ、一つだけ言わせてください。

《育毛》は習得しても問題ありませんか？　髪が生えてほしいのです。

四十歳で、まだ諦《あきら》めたくないんです。

どれもスキルポイントを一消費するだけで取れるのです。

得られたスキルポイントは十、それに対して、取れるスキルは十一項目ありました。

ミズモチさんに死んでほしくないので、ミズモチさんが強くなってくれるスキルは全て取りました。それに《自身の回復（極小）》は歳《とし》をとった私には魅力的でした。

そのため、残されたスキルは《育毛》と《悪臭カット》の二択です。

結局、私は《悪臭カット》を取ることにしました。本当は《育毛》がほしいです。

心とは悲しいものですね。《育毛》よりも実用性を選んだ結果です。

《育毛》を取った時に、もしも小鬼に毟り取られた部分だけが変に空虚になってしまいそうで怖いのです。それに、加齢臭《かれいしゅう》も気になっていました。

魔物に出会ったときに、私の加齢臭で気付かれたということになれば、笑えません。

とまぁ自分に言い訳をしながら、私は《育毛》のことを考えつつ眠りにつきました。

◇

スキルは凄いです。朝、目が覚めるとこれまでに感じたことがないほど、体の痛みを感じることなく目覚めることができたのです。

そして、昨日は小鬼によって鼻が腫れて、寝る前までズキズキと痛かったのに、目が覚めると痛くありません。どうやら《自身の回復（極小）》を取ったお陰のようです。

寝て起きたら鼻の腫れが綺麗《きれい》に治っていました。

これならばどこに出かけても恥ずかしくありません。

日曜日は買い物に行きたかったので安心しました。

一週間分のミズモチさんの食料を大量買いします。

その後は理髪店です。

「今日はどうされますか？」

「不規則な頭になってしまったので、スキンヘッドにしていただけますか？」

「よろしいのですか？」

理髪店のご主人の目がキラリと光ったような気がします。

「ええ、出来るだけ綺麗にしていただければ……」

「かしこまりました」

そこからの仕事は素晴らしいの一言です。

華麗なカミソリ捌《さば》きが開始されました。

昨日の小鬼との遭遇によって、私は恐怖を感じると共に、髪を命だと暴れた自分を恥じました。

後頭部に残された草原（私にとっては草原です）を守る戦いよりも、ミズモチさんと共に助かる生存率を上げたいのです。そのためには邪魔な草原を排除することにしました。

「出来ましたよ」

鏡の中では、残されていた草原を失った私の頭から綺麗に毛がなくなっております。

蛍光灯の光を反射して輝きを放っています。

何故《なぜ》でしょうか……、瞳《ひとみ》から汗が出てきました。

「お客さん、……あんた漢《おとこ》だよ」

「ありがとうございます」

何故か理髪店で感動してしまいました。

スーパーカブに荷物を載せて、本日もミズモチさんとパーティーです。

「ミズモチさん。昨日は命を助けていただきありがとうございました。本日は、ミズモチさんが喜んでくれると思って、スーパーでステーキを買ってきました。一ポンドのワイルドステーキです。

どうぞお召し上がりください」

表面だけ焼いたレアな焼き上がりはミズモチさんの好みに合わせてあります。

大きめに切り分けて、ミズモチさんのお皿におきました。

巨大な肉のブロックがミズモチさんの体に溶け込んでいきます。

ミズモチさんは、いつも以上にプルプルして、物凄く喜んでおられました。

どうやらミズモチさんは肉派のようです。

一ポンドのお肉をあっという間に食べてしまいました。

昨日の今日なので、ご近所ダンジョンさんに散歩へ行くのはお休みにして、本日は一緒に寝て癒やしていただきました。

第三話　周りの変化

鏡の前に映る自分の姿に絶望と哀愁を感じてしまいます。

スキンヘッドにスーツはなんとも違和感を覚えました。

会社によっては、スキンヘッドを禁止しているところもあるそうです。

うちの会社は矢場沢《ヤバサワ》さんのギャルメイクも許しているので、問題はありません。

出勤のために電車に揺られていると、スキンヘッド仲間がおられました。

そういえば冒険者ギルドの受付さんもスキンヘッドでしたね。

自分が仲間入りしたことで、つい他の方に視線を向けてしまいます。

お仲間の存在に勇気をいただいて、私が出社すると女性社員二人が目を丸くしました。

「阿部《アベ》さん！　何かあったの？」

五十代の女性社員、三島《ミシマ》さんがびっくりした声で叫ばれました。

ショールームで話されている時に大袈裟《おおげさ》な声をよく聞きますが、自分に向けられるのは初めてです。普段は話すことがほとんどありません。

綺麗な方ではあるのですが、少し香水がキツいので苦手です。

「はは、ちょっとイメチェンしました」

私は苦笑いを浮かべて、自分の頭をパシッと叩《たた》いて戯《おど》けてみました。

「あなた、そっちの方がいいわよ」

三島さんから、意外にも高評価をいただきました。

「ねぇ、カオリちゃん」

カオリちゃんと呼ばれたのは矢場沢さんです。私を見ている目が見開いています。

「えっ、あっ、はい。いいと思います」

矢場沢さんは、なんと言って良いのかわからない微妙な顔で褒めてくれました。

若い子の表情は、正直ですね。

「ありがとうございます。思い切って、髪を剃《そ》ってよかったです」

「うんうん、清潔感があっていいわね。それになんだか迫力があるわよ」

いつもは話をしないのに、楽しそうに絡んでくる三島さんにちょっと疲れてしまいます。

それぐらい事務仕事を積極的にお手伝いしてくれればいいのですが、イメチェンして話しやすいと思っていただけたなら良かったです。

◇

午前中に外回りに行く準備をしていると、課長がやってきました。

「おはよう。うん？　なんだ阿部？　とうとう頭が枯れちまったのか？」

課長は、こちらが気にしていることをピンポイントで責めて、不快にさせる天才ですね。

「おはようございます。スッキリとしました」

「そうかそうか、そのまま坊主にでもなったらどうだ？　ふん。そうだ。取引先のイヤミさんのところから謝罪に来いと私に連絡が来ていたぞ！　どうなっているんだお前の仕事は？」

「えっ？　謝罪ですか？　確認してみます」

私は課長の言葉にメールをチェックしました。

すると、こちらの発注ミスを指摘するメールが届いています。

添えられたＰＤＦは見積書で、こちらの発注書と照らし合わせると確かに間違っています。

ですが、私はこの発注書に見覚えがなく、私がした仕事ではありません。

「確認などしている場合か！　早く謝罪に行ってこい！」

私はまた課長のミスかと思って、急いで準備をしました。

会社を出て社用車に乗り込みます。

すると、私を追いかけて矢場沢さんが事務所を出て来られました。

「すいません」

「えっ？」

矢場沢さんの謝罪の言葉の意味が分からなくて、私は疑問を声に出してしまいました。

「私が発注ミスをしていたみたいです」

彼女にしては、珍しく顔を背けることなく謝罪を口にしました。

それだけ彼女なりに罪を感じているということでしょう。

「そうだったのですか？　わかりました。心配しないでください」

どうやら今回は課長が原因ではなかったようです。

「えっ？」

「頭を下げるのは慣れているので大丈夫ですよ。それでは行ってきます」

私はメールをいただいた取引先に向かいました。

普段は、私を馬鹿にしてイヤミなことを言ってくる事務さんがいる会社です。

気分的には憂鬱《ゆううつ》ではありますが、スキンヘッド姿で誠心誠意謝罪を口にした私を見て驚いた顔をしていました。

「この度は私どもが発注ミスをしてしまい申し訳ありません。発注ミスで多めに届いた商品はこちらで引き取らせていただきます。申し訳ありません」

「わっ、わかりました。もういいです。そちらが引き取ってくれるなら」

「ありがとうございます！」

「はぁ、なんだか変わられましたね。阿部さん。今の方がいいと思いますよ」

終始驚いた顔をしていた事務員さんは、商品を引き取ってくれるならいいと納得してくれました。

そして、最後に三島さんと同じく今の方がいいと褒めていただけました。

私は謝罪の菓子折りを置いて、商品を引き取って会社へと戻ります。

大事になる前に納得していただけて良かったです。

◇

昼休み前に戻ってきた私は発注ミスがあった商品を捌くために、他の取引先に連絡したりとやり取りを終えて、やっとお昼にありつけました。

そんな私に矢場沢さんが近づいてきます。

また領収書かな？　そんなことを思っていると……。

「あの、阿部さん」

普段は顔を背けて、嫌そうな顔をしているのですが、今日の彼女は真剣な顔をしておりました。

そして意を決したように。

「今朝はありがとうございました。それと、一緒にご飯を食べませんか？」

「へっ？」

意外にもご飯の誘いです。

対人恐怖症と聞いていたので、まさか食事に誘われるとは思いませんでした。

「大丈夫なのですか？」

私なりに気を遣ったつもりです。

「お気遣いありがとうございます。でも、大丈夫です」

こちらの意図を理解して、答えてくれます。

彼女とこれだけ長く話をするのは初めてかもしれません。

それに今は近づくなというオーラも出ていません。

どうやらギャルメイクは彼女なりに、自身の身を守る方法なのかもしれませんね。

「では、一緒に食事をしましょうか？」

「はい」

矢場沢さんと仕事をするようになって三年ほど経《た》ちますが、一緒に食事をするのは初めてです。

一ヶ月前に、課長が横領しようとした領収書の件以降、矢場沢さんから声をかけてもらう頻度が増えています。

これもミズモチさん効果でしょうか？　取引先さんだけでなく、矢場沢さんなりに私を気にかけてくれるようになりました。

「「いただきます」」

ランチ時になると、三島さんは外食に出てしまいます。

課長は私が謝罪に出ると、さっさと事務所を出ていったそうです。

これまでランチの時間、二人で事務所にて食べていましたが、会話はありませんでした。

それぞれスマホを見てすごしておりました。

何かを話すわけではないのですが、近くに人がいて食事をするって緊張します。

ただ、誰かと食事をするという、こういう雰囲気もいいですね。

「ご馳走様《ちそうさま》でした」

二人ともお弁当を食べ終わり、温かいお茶を入れてホッとします。

私はコンビニ弁当ですが、矢場沢さんは手作り弁当を持ってきておられました。

自分で作っているのでしょうか？　意外に家庭的なのですね。

「最近何かありましたか？」

矢場沢さんの方から、話しかけてくれました。

彼女なりに歩み寄ろうとしてくれています。

ここは正直に話した方が良いでしょう。

「ちょっとしたことがありまして」

「前にいいことがあったと言っていたことですか？　彼女でも？」

矢場沢さんも女性ですね。いいこと＝恋愛。

それもいいですが、四十歳のオジサンには、なかなか恋愛の機会がありません。

「いいえ、彼女とかではなくて、ペットを飼いだしたんです」

「ペットですか？　猫とか？　私も昔は猫を飼ってました」

どうやら動物好きなようですね。

そこは同じなので、嬉《うれ》しいです。

「それが、実は……スライムなんです」

「えっ？　スライム？　あの魔物の？」

「矢場沢さんは、スライムをご存じですか？」

「一応、ニュースで見たことはあります」

「実は一ヶ月前の日曜日に」

私はミズモチさんとの出会いから、これまでの一ヶ月間の話をしました。

矢場沢さんは最初は驚いて聞いていました。

ですが、私がスライムの愛らしさを熱弁していると、初めて笑顔を見せてくれました。

「ふふ、阿部さんは、本当にミズモチさんが好きなんですね」

彼女の笑顔の中に対人恐怖症は見られません。

少しでも打ち解けて、矢場沢さんが働きやすいと思う職場になってくれれば、私も嬉しいです。

「はい、まだ一ヶ月ほどなのですが、大切な家族です」

「小鬼の話は怖かったですが、阿部さんが元気ならよかったです」

「はは、心配をかけてしまいましたね」

「正直に言うと……、変な宗教とか、女性に貢ぎだしてヤバい人たちに何か要求されて無理をしているのかなって思ったんです。それで変に精力的になったのかなって」

あぁ、それは心配しますよね。

最近を振り返ると、変にテンションの浮き沈みが激しかったのかもしれません。

「大丈夫ですよ。ただ、スライム教には入信しても良いかもしれません」

ギャルメイクと人を寄せつけないオーラで苦手な印象でしたが。

話してみると、矢場沢さんは私のようなオジサンを心配してくれる良い子でした。

人を見た目で判断してはいけませんね。反省です。

自分も見た目が変わったことで、色々と変化に気づくことが出来ました。

「事情がわかって安心しました。今の阿部さんは余裕がある大人っていう感じがして、素敵です。

本当に良い雰囲気だと思いますよ」

微笑《ほほえ》んで去っていく矢場沢さん。

私の見た目が変わったことで、矢場沢さんの態度が変わって良かったです。

対人恐怖症である彼女と少しでも仲良くなれるといいですね。

◇

取引先や矢場沢さんに褒められたことで、スキップしながら帰宅しました。

私は今日もミズモチさんと、ご近所ダンジョンさんへ散歩に行きます。

小鬼と遭遇した日から、金属バットを持参することにしています。

あの日から、小鬼に遭遇していません。

いつも普通に散歩をして帰るだけです。

そういえば、小鬼が落とした赤い宝石を調べたところ、魔石でした。

魔物に取っての心臓部分であり、破壊すると魔力吸収が出来るそうです。

要はレベルアップに役立つアイテムだと書かれていました。

小鬼が落とす魔石は大した効果がないので、冒険者ギルドでも買い取り価格は十円程度だそうです。私は捨てるのも勿体《もったい》なかったので、地面に叩《たた》きつけて使ってしまいました。

効果は微妙で、よくわかりませんでした。

「ミズモチさん、そろそろ帰りましょうか？」

本日のダンジョン散歩を、あと一往復で終えるというところで、人影を見つけました。

私も一度目の失敗で学ばない男ではありません。

ご近所ダンジョンさんは他の冒険者の出入りがありません。

少し離れた距離で確認を行い、小鬼だと判断しました。

「ミズモチさん、戦闘をしたいですか？」

まだ、相手には気づかれていないので逃げることは出来ます。

私の問いかけに対して、ミズモチさんから戦いたいという闘争心が伝わってきました。

覚悟を決める必要がありそうですね。

「前にも言いましたが、私はケンカをしたことがありません。戦っても足手まといになるでしょう」

プルプルとミズモチさんが『まかせろ』と言っているような気がします。

「わかりました。私も覚悟を決めます」

大きく息を吐いて戦う気持ちを作ります。

「ミズモチさんが強くなれば、ダンジョンに行かなくても魔力が増えるそうです。そしたら、旅行とかも一緒に行きたいです。私はミズモチさんと幸せなスローライフが送れると嬉しいです。そのためにこの戦いが必要だというなら、一緒に強くなりましょう」

私も覚悟を決めてバットを握り締めました。

「ミズモチさん行きますよ」

金属バットがどれほど役に立つのかわかりません。

足音を出さないようにゆっくりと小鬼へ近づいていきます。

近づけば小さな体躯《たいく》をした小鬼の姿がハッキリと見えて、私も決心が付きました。

不意打ちを狙って、金属バットを思いっきり振ります。

小鬼の脇腹に私の金属バットが直撃して「ギャッ！」と悲鳴が上がりました。

あまり気持ちの良い感触ではありませんが、やらなければなりません。

「ミズモチさん！」

私の先制攻撃が成功したので、ミズモチさんは倒れた小鬼にトドメを刺しました。

「ふぅ、どうやら上手《うま》くいったようですね」

二度目なので、気持ち的にはそこまでネガティブになることはありません。

地面には魔石が転がっていて、私は叩き割って魔力を吸収します。

これからもミズモチさんと共に魔物との戦闘を行うことを考えるなら、冒険者ギルドで戦い方やダンジョンについて調べた方がいいかもしれません。

「今回はレベルアップはなかったですね。小鬼を一匹倒しただけですからね」

体の変化がないことを確認して、私たちは帰路につきました。

幕間　おかしなオジサン

《Side 矢場沢薫《ヤバサワカオリ》》

私の人生は裏切りの連続でした。

大学を卒業するまでの私は地味で、分厚いメガネに、おしゃれなど程遠いもっさりとした髪型と服装をして、恋愛なんてしたこともありませんでした。

大学を卒業した私は銀行に勤め出して、社会人になるために、おしゃれや化粧を勉強しました。

見た目だけでも大人になろうと頑張っていたんです。


だけど、ダメでした。


頑張って化粧をすると、嫉妬《しっと》を買ってしまう見た目をしていたことに。

それに気づいたのは、彼氏に裏切られた時です。初めて出来た彼氏でした。

一生、好きでいられると夢物語のように思っていました。

二年間勤めた銀行は、先輩女性社員のイジメやオジサン上司からのセクハラ。

次第に心が荒《すさ》んでいく日々の中でも、カッコ良くて憧《あこが》れていた先輩男性からのアプローチが嬉しくて付き合い始めました。

当初は幸せで、頑張っていれば、仕事も上手《うま》くいくと思っていたんです。

「お前って見た目はいいけど、つまらないよな。そんなんだからイジメられんだよ。見た目だけでガッカリだ」

それは初めて出来た彼氏から、フラれる時に言われた言葉です。

彼は銀行内でも出世頭で、見た目が良くて人気がありました。

だから、他の女性たちは、若くて見た目だけで選ばれた女として、私をイジメていました。それは日を追うごとにエスカレートしていったのです。

誰からも助けてもらえなくて、不安で、悲しくて、辛《つら》いことを彼に相談した際に返ってきた言葉が、別れ話と、つまらないという捨て台詞《ぜりふ》でした。

もう、人なんて信用できない。私は会社に行くことができなくなり、退社しました。

それからは家に引き篭《こ》もって外に出たくないと思っていたのに、人生とは引き篭もっていられるほど甘くはありませんでした。

父の借金が分かり、母が父との離婚を決めたのです。

家は二人が離婚したことで手放すことになり、働いていない私を養える余裕はどちらにもなく、私は帰る家を失いました。

行く当てがない私を引き取ってくれたのは、父の妹に当たる叔母でした。

小料理屋をされていて、お手伝いとしてお世話になることになりました。

叔母さんは良い人だったけど、他人の家にいることが居《い》た堪《たま》れなくなって、人と関わらなくても良い仕事を探しました。

元々、銀行に勤めるために覚えた経理のスキルがあったので、経理の事務として、仕事を探しました。スキルのおかげで就職先はすぐに決まるのですが。

どこに行っても経理だけでなく、人間関係が付きまとうのです。

良かれと思って話しかけてくる年上女性。若いからと、肩に手を置くオジサン。

人と接することが嫌だ。気持ち悪い。しんどい。

そんなことを思いながら、転々と派遣社員として食い繋《つな》いでいる際に訪れた会社。

それがブラック商事でした。

仕事内容は、かなりハードでお世辞にもいい会社ではありません。

ですが、私にとっては人との関係がほとんどなく、経理仕事もメールで送られてくるので、それだけをやっていれば問題ありません。

同僚といっても、気弱そうなオジサンが一人いるだけです。

私はオジサンからセクハラや嫌がらせを受けないために、厚化粧に見えるようにギャルメイクをして出社しました。

案の定、同僚のオジサンは戸惑って話しかけてはきませんでした。

なんとか勤め出して三年が過ぎて、ここなら気を遣いながらも普通に仕事ができるようになってきたと、平穏に過ごせています。

この会社は、突然の残業は当たり前、休日出勤や納期がギリギリでお客様からのクレームも多く、給料も普通のＯＬよりも少ないので、いい会社ではありません。

だけど、人間嫌いの私にとっては、雇用時に接客をしなくてもいいという条件も飲んでくれたこの会社は天国のようです。仕事をしていれば同僚との面倒な会話もしなくていい。

人間関係ほど面倒なことはないと私は知っています。

同僚のオジサンも、向こうから話しかけて来ることはありません。

そうやって人間関係を遮断した生活を送っているのが今の私です。

◇

しかし、人生とは簡単にいかないものです。

どうしても関わることになる同僚についての話をしようと思います。

名前を阿部《アベ》秀雄《ヒデオ》さん。確か四十歳になったばかりです。

見た目は目の下にクマを作り、痩《や》せ形《がた》で猫背、覇気の無い雰囲気の中年男性です。

ただ、仕事の能力は高く、一人でブラック商事の業務のほとんどを処理されています。

経理なども担当されていて、領収書の束を数分で片付けてしまう姿は圧巻でした。

人嫌いの私としては、近づいてこないで、害がないと思えば問題はありません。

関わらないでいられたらどれだけ幸せだったことか、そう思っていた、ある日。

私は見つけたくない物を目にして、溜《た》め息《いき》を吐《つ》きました。

経理を担当している私は領収書を管理して、仕訳を行っています。

そこに紛れ込まされた課長の領収書は、私用で使われた物だと一目でわかる物です。

なぜなら、課長は仕事をしない人種なのです。家族経営なのを良いことに迷惑行為を繰り返していました。全て阿部さんに仕事を押し付けて、サボっています。

どうせ阿部さんは、そんな課長の仕事を黙認しているような人です。

この領収書を見せても、意味がないかもしれない。

だけど、横領である事実を伝えて、隠蔽《いんぺい》するなら結局この人も信用できない人だと判断すればいい。その程度の思いで声をかけました。

「阿部さん」

私は阿部さんに領収書を見せました。

「見つけてくれてありがとうございます。私の方から言っておきますね」

「えっ？」

意外にも、私が伝えたいことは領収書を見ただけで伝わり。

阿部さんは私から領収書を受け取って立ち上がりました。

「何か？」

「言うんですか？」

「はい。もちろんです。こんなことを許すわけにはいきませんから」

阿部さんは毅然《きぜん》とした態度で課長を追い詰めました。

普段は陰があり、悲愴《ひそう》感と言えばいいのか、中年男性の特徴を詰め込んだような人なので、勝手に情けないオジサンだと思っていました。

誠実で、毅然としていて、私が今まで出会ってきた誰とも違う態度に驚いてしまいました。

毅然とした態度を見た日から、阿部さんのことが気になってしまうようになりました。

呆然《ぼうぜん》としているかと思えば、ニヤニヤと思い出し笑いをして、急に深刻な顔をするかと思えば、考え事を始めたり、気になるというよりも目について仕事に集中できません。

二人きりなので、どうしても阿部さんのことを見てしまうのです。

なるべく見ないフリをしていました。それでも我慢できなくなる出来事が起きたのです。

なんと頭を丸めて出社してきたのです。

◇

完全に全ソリです。


今までも頭髪は薄い方でした。

オジサンなんてそんなものだと、私は思って気にもしていませんでした。

ですが、全てを剃《そ》ってくるのは今まで以上に目についてしまいます。

さすがに何かあるんじゃないかと心配になってしまいます。

「おはよう。うん？　なんだ阿部？　とうとう頭が枯れちまったのか？」

珍しく出社してきた課長。

人の気にしているところを責めさせたら、課長ほど得意な方はいないでしょう。

早速、阿部さんの頭を見て、悪意を込めてイジリ始めました。

「おはようございます。スッキリとしました」

「そうかそうか、そのまま坊主にでもなったらどうだ？　ふん。そうだ。取引先のイヤミさんのところから謝罪に来いと私に連絡が来ていたぞ！　どうなっているんだお前の仕事は？」

頭のことを受け流した阿部さんに対して、今度は理不尽に怒鳴りつける課長。

クレームやアクシデントを見つける才能もピカイチで、阿部さんを叱っている顔には愉悦が含まれています。

「えっ？　謝罪ですか？　確認してみます」

課長の言葉を聞いて、私もメールを確認しました。

そこには課長に頼まれて、私が注文した取引内容に対するクレームが来ていました。

阿部さんがいない時に発注をかけた納品書が、見積書と違っていたのです。

これは課長が指示した物で、私も阿部さんが外回りに行っていて、確認も取らないまま、何も考えないで発注をかけてしまいました。

確認を怠った私のミスでもあります。謝罪に向かう阿部さんに謝りに向かいました。

「すいません」

「えっ？」

社用車に乗り込んだ阿部さんに、謝罪を口にすると驚いた顔をしていました。

「私が発注ミスをしていたみたいです」

「そうだったのですか？　わかりました。心配しないでください」

「えっ?」

私を責めることなく、爽《さわ》やかな笑みを浮かべて阿部さんは飛び出していかれました。

一時間ほどで戻ってきた阿部さんは、大量の在庫を持ち帰り、それを他の取引先へ販売してミスを帳消しにしてくれました。

やっと落ち着いて阿部さんが昼食を食べる雰囲気を見せたので、意を決して声をかける事にしました。

「あの、阿部さん」

私は人が嫌いです。

だけど、自分はそんな嫌いな人間になりたくないと思っています。

だから、覚悟を決めて阿部さんに話しかけることにしました。

「今朝はありがとうございました。それと、一緒にご飯を食べませんか?」

「へっ?」

私にとって、誰かの近くに行くことは覚悟のいることです。

それでも最低な人間になるぐらいなら、ミスをカバーしてくれた阿部さんに話を聞いて、何かお礼をしたいと思うんです。

「大丈夫なのですか?」

私の覚悟と思いを汲《く》み取って問いかけてくれる阿部さん。

嫌いな人間たちと同じだと、勝手に誤解していたのは私の方だったのかもしれません。

「お気遣いありがとうございます。でも、大丈夫です」

「では、一緒に食事をしましょうか？」

優しい顔で、一緒に食べようと言ってくれました。

勝手にその辺にいるオジサンと同じだと決めつけていました。

阿部さんからは、セクハラを受けたことはありません。

それに近づくと、他のオジサンなら臭い加齢臭《かれいしゅう》が臭いません。

今日はトラブルで外に出て汗をかいているはずなのに臭くない。

領収書の一件でもそうでしたが、元々毅然とした態度に気遣いをしてくれる人でした。

頭がスッキリとして清潔感があり、爽やかな雰囲気と不快に感じる要素もない。

食事をしながら、観察していると、猫背だった背中は背筋が伸びて、目の下にあったクマは消えていました。表情一つ一つが明るくなり、覇気のようなものすら感じます。

「最近何かありましたか？」

私は人間嫌いになってから、初めて人に興味を持ちました。

「ちょっとしたことがありまして」

「前にいいことがあったと言っていたことですか？　彼女でも？」

女性に好かれたいと思ったなら、身なりを整える方は多いと思います。

阿部さんも恋愛をして変わったのでしょうか？

「いえいえ、彼女とかではなくて、ペットを飼いだしたんです」

「ペットですか？　猫とか？　私も昔は猫を飼ってました」

人と違って動物はいい。

だけど、今の会社では、お世話をしてあげる時間もないから飼えない。

「それが、実は……スライムなんです」

「えっ？　スライム？　あの魔物の？」

「矢場沢さんは、スライムをご存じですか？」

「一応、ニュースで見たことはあります」

「実は一ヶ月前の日曜日に」

阿部さんはミズモチさんとの出会いから、これまでの一ヶ月間の話をしてくれました。

必死に話す姿が面白くて、愛情が伝わってきます。

本当にペットのスライムが好きなんだってわかりました。

「ふふ、阿部さんは、本当にミズモチさんが好きなんですね」

「はい、まだ一ヶ月ほどなのですが、大切な家族です」

「正直に言うと……、変な宗教とか、女性に貢ぎだしてヤバい人たちに何か要求されて無理をしているのかなって思ったんです。それで変に精力的になったのかなって」

「大丈夫ですよ。ただ、スライム教には入信しても良いかもしれません」

ついつい口が過ぎてしまいましたが、阿部さんは笑って大丈夫ですと言ってくれました。

久しぶりに人と話して面白いと思えました。

阿部さんの視線からは、私に対する気遣いが感じられて、エッチな視線も、不快な視線も感じません。他の人たちと阿部さんも同じだと決めつけていたのは私だったようです。

「事情がわかって安心しました。今の阿部さんは余裕がある大人っていう感じがして、素敵です。本当に良い雰囲気だと思いますよ」

阿部さんは話してみると面白い人で、少しだけ職場に行くのが楽しくなりました。

第四話　インフォメーションの水野《ミズノ》さん

ご近所ダンジョンさんで小鬼と戦闘を経験したことで、もっと冒険者について知る必要があると感じました。

そこで、冒険者として初心者講習を受けるため、二度目の冒険者ギルドにやってきました。

「冒険者について詳しく知るためにはどうすればいいのでしょうか？」

前回と同じくどこに行けばいいのか、わからなかったためインフォメーションに向かいます。アナウンサー風の美人さんがおられたはずです。

辿《たど》りつくと、本日は別の方が座っていました。

冒険者ギルドの制服が似合う、黒髪でボブカット、メガネがよく似合う美人な方です。

「すいません。新人冒険者の阿部《アベ》と申します。わからないことがあるのでお聞きしたいのですが、よろしいですか？」

初めて会う方なので、丁寧な口調を心がけて、冒険者カードを提示しながら名乗りました。

「これはご丁寧にありがとうございます。私はインフォメーションの水野と申します。今日はどのようなご用件でしょうか？」

私に合わせてなのか、元々水野さんがこのような話し方なのかわかりませんが、丁寧な口調で、ご自身の名札を見せながら話をしてくれました。

名札に、水野結《ユイ》と書かれています。

「実は、冒険者について詳しくないので、初心者講習会などがあればご紹介いただけないでしょうか？」

「かしこまりました。少々お待ちください」

「はい」

水野さんがパソコンを操作して、私の質問を調べてくれています。

「初心者講習は、本日十一時と十四時に開催されます。受けられますか？」

「はい。よろしくお願いします」

「かしこまりました。それでは現在十時三十分ですので、十一時の部でお取りしますね。それでは開始十分前頃に、第一講習会場へ向かってください」

「水野さん。ありがとうございます！」

「仕事ですから」

私は水野さんにお礼を言って立ち去りました。

前回のインフォメーションの人も優しくて綺麗《きれい》な人でしたが、やっぱり名前を知っていると親近感が湧きますね。


私はインフォメーションを離れ、腕時計を確認しました。

スマホが普及して、腕時計をつけている人は減りましたが、私はスマホよりも時間の確認が素早くできるので腕時計派です。

「まだ三十分ほどありますね」

時間に余裕があったので、私は冒険者ギルドの中を歩いて時間を潰《つぶ》すことにしました。

冒険者ギルドの中には様々な施設が複合されており、案内地図と掲示板を見つけました。

掲示板に張り出されている内容を読めば、色々な募集が目につきます。

・冒険者に必要な実践武術指導
・大型ギルド員募集
・初心者講習会
・冒険者ショップセール

案内地図を見つけたので、時間を潰すために冒険者ギルド内を歩き回ることにしました。

実践武術は、様々な武器の訓練をしておられる姿が見れます。

大型ギルド員募集は、冒険者ギルド内に、ギルドルームと呼ばれる会議場やパーティールームを貸し出しているようです。

初心者講習会場には後で向かうので、冒険者ショップに向かいました。

「おい！　そろそろ時間だぞ」

「ユウくん待ってよ」

「シズカ、急ぎなさい」

「サエちゃん、ごめんね」

高校生風の三人組が何やら慌てて冒険者ショップから飛び出してきました。

私は腕時計を見て、いつの間にか初心者講習の十分前になっていたことを知りました。

どうやら、彼らは私と同じく初心者講習を受ける人たちのようです。

「急ぎましょう」

彼らの後に続いて、初心者講習会場へ入っていきました。

「これで全員だな。俺は山田太郎《ヤマダタロウ》、今日の講習を担当するB級冒険者だ」

私が会場に入ると、三十代後半ぐらいのイケメン講師が挨拶《あいさつ》をしてくれました。

鍛え抜かれた体に、先輩冒険者としての貫禄《かんろく》のようなものを感じます。

「それじゃルーキーであるお前たちに講習を行う。ありがたく話を聞けよ」

初心者講習では、冒険者の成り立ちや、ダンジョンと魔物について説明を受けます。


現代社会に魔物が出現したのが二〇〇X年。


当初は、各国の政府は魔物をそれほど脅威とは考えなかった。

動物の変異種なのか、未知なる脅威なのか、その恐ろしさが未知数だった。

しかし、魔物は人を襲い、死人が各地で報告されるようになり、流行病《はやりやまい》が流行《はや》り出したことも相まって家から出ないように緊急事態宣言などが政府から発令された。

連日のニュースは魔物の脅威に対して、未知なる出来事で埋め尽くされた。

教官の言葉に当時を思い出します。私もニュースを見ていましたが、自分には関係ない出来事だと思っていました。それよりも流行病の方が怖いと感じていました。まぁ、会社が休みにならないかと思ってはいましたが、物流の滞りでクレーム対応などがあり、働かされすぎて、ニュースをゆっくり見る時間もありませんでした。


人類が直面した問題に対して、その答えは意外なところから解決法が発見された。

それはA国の警察官男性が、魔物に襲われた子供を救うために魔物を殺したのだ。

彼は魔物を倒した後に不思議な音楽が頭に響いたと言う。

それはよく知るゲームに登場するレベルアップ音だったそうだ。

彼は半信半疑で「ステータス」と口にした。

ゲームをしているわけではないので、操作するリモコンがなくて口にしたんだ。

すると、目の前にゲームのステータス画面が現れた。

空中に出現したステータスに触ってみると、物語やゲーム世界のような魔法が使えると記載がされている。

驚きながらもゲームと同じくスキルポイントを振り分けると、本当に魔法を行使できるようになった。

彼は驚きと感動、そして、新たな発見を知らせるために、ＳＮＳやメディアを使って訴えかけた。

魔物を倒すことで、人は新たな力を得られる。

「我々は新たなステージへの進化を求められているんだ」

彼の発言に世界中が沸いた。戦える者たちは魔物を倒し始めた。

人類は新たな可能性に対して柔軟な姿勢で取り組み、状況を打開する案を手に入れた。

「当時は魔物の脅威度が高くなかったから、一般人が魔物を倒すこともできたんだ。あれがもっと広がっていたら軍隊や自衛隊が出ていただろうな」

現在は、魔物の脅威は世界中が知ることになり、魔物を倒すとステータスを得られることもネットを調べれば知ることができる。

そのため魔物に対する考えを世界中で共有するために、各国の政府が協力して、一つの大きな団体を作り上げた。《世界魔物対策機構》、通称ＷＭＡの発足である。

「ＷＭＡ（World Monsters Countermeasures Agency）だな。最近は教科書にも載るようになったぞ」

ＷＭＡの調査が進むにつれて、魔物にはテリトリーがあることが分かり、魔物が支配するテリトリー内のことをダンジョンと表現することとなった。

これは世界中の人々が認識しやすいように付けられた名称だ。

「魔物という脅威が存在する未知の迷宮という意味があるそうだ」

ダンジョンは何を意味するのか？　最初に告げた通り、大前提は魔物が出現することだ。

そして、魔物がテリトリーとしている場所。

その近辺に未知なるアイテムや鉱物が発見されるようになったことで、人々の考え方は変わることになる。それらは、人類の新たな発展のために活用できることがわかった。

しかし、次第にダンジョンの出現率が世界中で多くなるにつれて、各国の政府だけでは、魔物を抑え切れなくなった。

そこで、魔物の討伐する機関を、各国の政府が協力して発足したのだ。

それはWMA公認の組織として、各国の政府と対等に接する機関として設立された。

民間と政府を繋《つな》げる機関として、設立されたのが《冒険者ギルド》だった。

「WAG（World Adventurers Guild）も教科書に載っているからな」

魔物を討伐する者たちを冒険者と呼び。

魔物を倒して得られる特殊な能力をまとめて、冒険者ジョブと呼ぶようになった。

冒険者ジョブは、魔物を倒した者ならば誰にでも手に入れることができた。

さらに数年が進み、現在の世の中ではダンジョンから得られる鉱物が使用された製品が数多く存在する。

魔物とダンジョンは世界にとって共存できる存在、自然環境を破壊しない新たなエネルギーとして必要とされている。

世界はダンジョンを中心に動き出した。

山田講師の説明はとてもわかりやすく、冒険者の歴史を知り、私がニュースで見ていた情報が上書きされ、とても面白い内容でした。

・冒険者は魔物を倒すことで、レベルアップして、冒険者ジョブを得られるようになります。
レベルアップをするとステータスが見られ、スキルポイントの振り分けが行えます。

・冒険者の主な仕事は、魔物の討伐です。
魔物は一定数を超えるとダンジョンブレイクと言われる、自分のテリトリーを出て暴れ始める現象を起こします。

それは魔物たちが自分たちのテリトリーを広げるために行われる行為だと言われています。そのため魔物がダンジョンから出て、街に被害を出さないために、魔物を狩る必要があります。

近年は、ダンジョンで得られるアイテムや鉱物を収集することで、更なる恩恵が受けられることがわかり、魔物討伐時に得られるドロップ品が収入を良くしています。

アイテムの一つとして、ポーションという回復薬は、骨折を一瞬で治してしまう効果があります。ポーションにはランクがあって、上級ポーションを使用すると、不治の病を治せた実例も存在しています。

・初心者が最初に何をすればいいかといえば、新人の間は弱い魔物を狩って、レベルを上げながら、魔石を売却して収入を得ることから始めるといいそうです。
ミズモチさんとダンジョンに行くことを考えるなら、レベルを上げる必要がありそうです。レベルを上げると冒険者職業に応じたスキルが得られます。

「例えばだが、戦士ならダンジョンに入れば、身体能力が向上する。魔法使いなら、魔法の威力が上がるんだ」

山田講師が、例を出しながら説明をしてくれます。

ダンジョンや冒険者について、私以外の人たちは理解しているようです。

スキルの中には、魔力がなくても使える能力があるようですが、基本的には魔力がないと冒険者能力は意味がありません。

魔力が少ない場所では、特殊な力を使えません。

その方が、日常的に悪いことはできないので、冒険者だからと威張られなくていいです。

ただ、体に作用するスキルは、ダンジョンから出ても意味があるそうなので、違いが何なのかわかりません。

ミズモチさんは魔力が必要なので、ダンジョンの中にある魔力が冒険者にも必要なのでしょう。

終了時間が近づいてくると、山田講師から初心者として冒険者の心構えや禁止事項、さらには禁止事項を悪用した悪い冒険者がいることが伝えられました。
・危険なお仕事なので、命のやり取りをする覚悟がいる。
・ダンジョン内での冒険者ルール。
・他の冒険者の魔物を横取りする行為をやってはいけない。

・スイッチと呼ばれる魔物を押し付ける行為をやってはいけない。
・ダンジョン内での、盗難、強盗などの被害報告。
詳しくは自分で調べるようにと宿題をいただきました。


山田講師には、初心者が知らないことをたくさん教えてもらいました。

冒険者として、当たり前のことですが、知らないと色々問題がありそうな内容だったのでためになります。一時間ほどの講習はあっという間に終わってしまいました。

授業を受けるのは、久しぶりだったので疲れてしまいました。

◇

インフォメーションに戻ってきた私は水野さんにお礼を言うために立ち寄りました。

「水野さん、講習が終わりました。予約を取っていただきありがとうございます」

「阿部さん、お疲れ様です。仕事ですから」

クールな水野さんはついつい頼りたくなってしまう雰囲気があります。

「冒険者になったばかりで、わからないことがあるので質問しても大丈夫ですか？」

「はい、何をお知りになりたいですか？」

水野さんは真面目でクールな一面だけではなく、人柄もいいので、ファンになってしまいました。

お店屋さんで好きな店員さんがいるような感じですね。

「初心者でも倒せる魔物がいる場所はありますか？」

「ありますよ。それでは少し魔物のランクについてご説明しますね」

インフォメーションの邪魔にならないのかと思って辺りを見渡しました。

冒険者の方々は、インフォメーションに興味が無いようです。

自分の目的地がわかっている方々は、通り過ぎていくだけです。

「阿部さん、よろしいですか？」

「あっ、すいません」

よそ見をしていたので、待たせてしまいました。

「いえ、それではランクについて説明いたします」

・Dランク：初心者級
・Cランク：一般級
・Bランク：プロ級
・Aランク：一流級
・Sランク：怪物級
・Zランク：天災級

出現する魔物によってランクが決められています。

「Sランクや、Zランクの魔物は、怪物や、天災と言われるほど恐ろしい存在です。現在の日本ではSランクまでしか観測されていませんが、Zランクが観測された都市は滅んだと言われています。とにかくAランク以上は、危険度が急激に上昇しますので、一流以上と呼ばれています」

細かいことが書かれた資料を見せてくれるために近づくと、水野さんから花の香りのような良い匂いがしました。

「ご理解いただけましたか？」

「あっ、はい。ありがとうございます。ランクについて理解できました」

「そして、Dランクでも、出現する魔物が異なるため、Dランク下位や上位が存在します。初心者にはDランク下位のGの巣窟《そうくつ》、スライムの下水道、魔ネズミの住処《すみか》の三つを勧めております」

Gの巣窟は、まぁ皆さんが想像する大きなGがたくさん登場します。

現在、使われなくなった地下鉄などがダンジョンになっています。

私は平気な方ですが、苦手な方が入ってしまうと、かなり危険だと説明されました。

魔ネズミの住処は、山にいたネズミが変化して、魔ネズミとして住み着いたことで、ダンジョンになったそうです。

魔ネズミは弱いので、初心者が最初に討伐して訓練を積むには良い相手です。

ただ、山の頂上に近づくにつれて、魔ネズミも進化したり、群れで襲ってくるので、危険度が増していくそうです。

スライムの下水道は、使われなくなった下水にスライムが大量発生しています。

スライムさんを殺すのは気が引けるので、私は無理です。

「それでは魔ネズミの住処に行くことにします」

「承知しました。同時に依頼を受けられると、報酬が出ますよ」

「依頼とはなんですか？」

新たな情報が出てきて、自然に問いかけてしまいました。

水野さんは嫌な顔一つせずに、答えてくれます。

「はい。冒険者様方には、国から危険手当として最低限の討伐報酬が確約されています。魔ネズミの住処でしたら、魔ネズミを五匹討伐で一千円です」

そんな報酬があったのですね。

魔ネズミを五匹倒しただけで、一千円は効率がいいのかわかりません。

初心者ダンジョンなので、あまり良くはないのでしょうね。

「魔ネズミの魔石を五つお持ちいただくと報酬と交換します。またドロップアイテムなどは買取りも行っていますので一緒にお持ちください」

「何から何までありがとうございます」

私は水野さんに改めてお礼を述べました。

「仕事ですから。ただ、阿部さんはしっかりと聞いてくださるので説明もラクでした」

クールな水野さんが微笑《ほほえ》んでくれると、ドキッとしてしまいますね。

本日初めてお会いしましたが、ここまで心が掴《つか》まれるとは思いませんでした。

今後は水野さんに相談しながら冒険者の仕事ができれば嬉《うれ》しいです。

ただ、勘違いをしてはいけませんね。女性の優しさは好意ではないのです。

私も四十になって、さすがに学びました。

「冒険者カードに魔ネズミの討伐依頼を登録しておきました。スマホはお持ちですか？」

「えっ？　スマホですか？」

まさか、水野さんの番号をゲットできるのでしょうか？

「はい。冒険者アプリを取っていただくと、ご自身で討伐した討伐数など冒険者カードを通して確認が行えます。冒険者アプリを開いて、カードに記載された番号を入れると確認ができますよ」

はい、勘違いでした。私に春が来ることはきっとないのでしょうね。

「ご親切に重ね重ねありがとうございます」

「私の仕事ですから」

「それでは」

「はい。また何かわからないことがあれば聞いてくださいね」

私はツルツルの頭を水野さんに下げて、別れを告げました。

話している間は、春のような暖かさがあったのに、今では頭から冷たい冬の風を感じるのは、私の頭に毛がないせいでしょうか。

水野さんが教えてくれたアプリを起動して、冒険者カードに記載されている登録番号を入力します。

・名前：アベ・ヒデオ
・年齢：四十歳
・討伐数：二

・レベル：一
・職業：ビーストテイマー
・能力：テイム
・登録魔物：スライム

という内容の記載が出てきました。

ステータスに近い画面なので、冒険者カードと冒険者ジョブは、どこから生まれたのか気になりますね。原理が理解できません。

冒険者カードが私の魔力を読み取って、アプリへ反映していると水野さんが説明してくれました。

アプリを操作していると、新着情報が届いています。

依頼書：魔ネズミの討伐、報酬：五個の魔石で一千円

メールのような画面が映し出されていました。

その次に魔ネズミの住処のマップが映し出されます。

「なんだか最新機器にリンクしていて、色々凄《すご》いですね」

スマホはＮＥＷＴＵＢＥとブログを確認するものだと思っていました。

機械は疎いので、今後は勉強する必要がありそうです。

本当に便利な世の中になりましたね。

第五話　杖《つえ》を習おう

水野《ミズノ》さんに出会って、魔ネズミの住処《すみか》を紹介されたことで、私は冒険者としての活動を始めることになりました。

冒険者として活動するにあたり、私なりに護身術の一つでも習得しておいた方がいいと判断して、三度目の冒険者ギルドへ来訪しました。

「おはようございます、水野さん」

「阿部《アベ》さん、おはようございます。何かわからないことがありましたか？」

「はい。また聞きたいことができました。すみませんが教えていただけますか？」

「もちろんです。冒険者のことでしたら、なんでも聞いてください」

「ありがとうございます。実は私、ビーストテイマーなんです。スライムをテイムしているのですが、私自身も強くなろうと思いまして、どうすればいいのでしょうか？」

「ビーストテイマーさんでしたか。また特殊な職業を選んだのですね。戦士や魔法使いと違って、直接的な戦いをするわけじゃないので、ビーストテイマーは、自分の身を守れる護身術を覚える必要があると思います」

やっぱり水野さんに相談してよかったです。真剣に考えてくれています。

「盾術か、棒術などはどうですか？」

「盾術と棒術ですか？」

どちらもあまり聞いたことがありません。

冒険者と言えば、剣術や槍術《そうじゅつ》、もしくは魔法だと思っていました。

「はい。盾なら阿部さんが防御に専念して、魔物に攻撃してもらえます。魔物の攻撃に不安があるなら、阿部さん自身で攻撃ができるように棒術を覚えてはいかがですか？　剣士なら剣、戦士なら斧《おの》や槍《やり》を勧めますが、そうでないなら棒は防御や攻撃に応用が利いて良い武器ですよ」

ちゃんと私の職業のことを考慮して、考えてくれていることが分かります。

「ありがとうございます。どちらも冒険者ギルドで習えますか？」

「どちらも習うことができますよ」

「わかりました。それでは見学に行ってみます」

「実践武術は、講師に直接の入門となりますので、練習場に行っていただき、申し込みください」

「何から何まで、ありがとうございます」

練習場に辿《たど》りついた私は、盾術を見て尻込《しりご》みしてしまいました。

ムキムキマッチョなお兄さんたちが、大きな盾を持ってぶつかり合っているのです。

あれですね。アメフトのスクラムや、相撲部屋の稽古《けいこ》風景を見ているようでした。

きっと、魔物が突進してきたときに盾と己の肉体を使って仲間を守るのでしょう。

タンク恐るべし、細くて筋肉が少ない私には絶対に無理です。

もう一つのオススメである棒術を習う事にしました。

ですが、講師の下に来たところ。

「はっ？　なんだって？」

禿頭《はげあたま》にヨボヨボの老人が杖を突いて腰を曲げながら立っておられます。

ここ、屋根はありますが、練習場でも、道場でもありません。通路です。

「だ・か・ら、棒術を習いに来ました」

棒術の練習場はこちらという張り紙を見て、進んだ先にいたのが棒を持ったお爺《じい》さんでした。棒術は日本古来の伝統武術であり、教えられる方が限られています。

このようなお爺さんに教えることができるのでしょうか？

「ワシが柳《ヤナギ》じゃよ」

「棒術を習いにきました」

「棒術？　はて？」

「柳先生ですよね？」

「ワシが柳じゃよ」

えっ、これ棒術を習えるんですか？　会話も出来ませんけど……。

「ふぉふぉふぉ、君は間違っておるよ。ワシが教えるのは杖術《じょうじゅつ》じゃよ」

「杖術ですか？」

「そうじゃよ。棒術は、ほれ、あっちのゴツイ先生がおるじゃろ」

指を差された方向を見れば、これまた筋肉ムキムキな先生が二メートルはありそうな長い棒を振り回しておられました。

なんでしょう？　かっこいいのですが、物凄く私には向いていない気がします。

「あわわわ」

「ふぉふぉふぉ、ワシのところに来る者はおらんよ。杖術はリーチも短ければ、威力もないでな。魔物を相手にはあまり役に立たんと言われとる」

私は柳先生が手に持つ、棒だと思っていた杖を見ました。

普通に老人が支えとして使う杖です。

リーチは私の腰ぐらいで、それほど長くはありません。

ただ、軽そうで使いやすそうに見えます。

「あの、私に杖術を教えていただけませんか？」

「ふぉ？　おぬし変わっておるなぁ〜」

「よく言われます」

「ふぉふぉふぉ、良かろう。ワシのお古じゃが、この杖をやろう」

そう言って柳先生の背中から折りたたみ式の杖が現れました。

腰が曲がっているのに背中に収納できるスペースありますか？

「えっ？　折りたたみ」

「杖はの、普段から持ち歩く方がええ」

「あっ、はい」

「それとな、使い方としては三つほど覚えてもらえればええよ」

「三つですか？」

「そうじゃ。まずは体験してみてくれ」

体験と言われた瞬間、私の体は宙を舞いました。

「うわっ、痛い！」

お尻から落ちた私は遅れて自分の足首に柳先生の杖が引っかけられたことに気づきました。

痛みと同時に、お爺さんに投げ飛ばされたことに驚きを感じます。

私は細いと言っても、身長は百八十センチはあります。

対して、柳先生は腰が曲がって百五十センチほどに見えるのです。

虚をつかれたといっても驚きです。

「ヒドイじゃないですか！」

予告もなく行われた襲撃に対処ができませんでした。

反論を口にしてはいますが、感心もしていました。

「なにっ、自らが体験することで理解できるというものじゃ」

「次にするときは、一声かけてくださいよ」

「それでは意味が無い」

そう言って柳先生の杖が私の胸に押し当てられました。

「また何かするのですか？」

「ふぉふぉふぉ、もうしておるよ」

「えっ？」

言われた直後に杖が突き出されて、私の胸に痛みを感じて、後ろへ押し込まれる圧力でまたもお尻を打ち付けました。今日はお尻の厄日です。

お爺さんとは思えない力に、また驚かされます。

杖によって一点に力を集約されたことで、身長差があっても倒せるほどの力を伝えられるのですね。

「杖はのう、他の武器と違って、それほど強度が強くはないんじゃ」

お尻をさすっている私に柳先生が講義を開始しました。

「普通に殴れば杖が折れる。だからこそ搦《から》め手《て》が大事なんじゃ。足を引っかけ、胸を押し、杖を突き下ろす」

最後に柳先生が言われた《突き下ろす》で、私の足の甲に杖が突き下ろされて悶絶《もんぜつ》しました。足の甲って、凄く痛いです。

しばらく悶絶したまま立ち上がることができませんでした。

◇

杖術の実践武術を習うことにして、柳先生から折りたたみ式の杖をいただきました。

会社に行く時も、毎日持ち歩いています。

不思議なものですね。持っていると手に馴染《なじ》むといいますか、柳先生に教わった動作を自分なりに反復練習したりしています。
・足を引っかける
・胸を押す

・突き下ろす
三つの動作だけですが、意外に力の入れ具合が難しいのです。

「足を引っかける」に関してですが、槍や棒と違って長さがありません。

相手との距離が近く、足以外にも引っ掛ける際は、注意が必要です。

動作を繰り返していると、相手との距離感を掴《つか》む間合いを測る必要があり、武術家さんたちが言葉にする間合いがなんとなく分かるような気がしてきます。


「胸を押す」は、これまた槍や棒術とは、まったく別だと理解させられました。

槍は、その矛先にある刃を突き刺すイメージだと思います。

相手を突いて、斬って、払う、などが槍の動作です。

棒術は、引いた棒に勢いをつけて突き刺すことで突きの威力を上げているのだと思います。そうすることで相手にダメージを与えるような印象を受けました。

杖での胸を押すは、引いてもあまり威力を上げることができません。

短いこともありますが、軽いので棒ほどの威力にはならないからです。

むしろ肩を固定して、自分の体重を乗せて前に押し出すように使うことで、相手を突き放すイメージで使うことができます。

それほどの力を使わなくても、相手を押し込むことができるので、女性や子供でも扱うことができるというわけです。

これは、力を一点に集中させて押すことで、相手との距離を引き離すのが目的です。

「突き下ろす」、これが一番難しく感じました。

杖術にとって、トドメと言える行為になります。

ですから、杖の中では一番威力のある攻撃です。

人の急所、私の場合は足の甲に落とされました。

《自身の回復（極小）》がなければ、次の日も腫《は》れていたと思います。

もしも、これが心臓の近くや頭に突き落とされたらと考えるだけでゾッとします。

一つ一つを理解するために、毎日持ち歩いて動作の確認をしています。


「あの、阿部さん？」

考え事をしていると、矢場沢《ヤバサワ》さんに声をかけられました。

「あっ、すいません。休憩時間が終わりですか？」

最近は、昼に事務所にいられる時は、一緒にお昼を取るようになりました。

矢場沢さんは対人恐怖症ということでしたが、私と話すことで、少しでも改善されるのであれば協力したいと思います。

「いえ、もう少し大丈夫だと思いますが、急に黙り込んでしまったので」

「あっ、すいません。最近は考え事ばかりしてしまって」

矢場沢さんには、副業で冒険者を始めたことを伝えているので、色々と心配をかけてしまっているのかもしれません。

「冒険者って大変なんですか？」

「実は、冒険者としてのキャリアアップのために、この間から杖術を習っているんです」

「杖術？　あの高齢者の方が持っている杖《つえ》ですか」

「はい。あの杖です」

私は鞄《かばん》から折りたたみ杖を取り出して、矢場沢さんに渡しました。

私が手を伸ばすと、身を固くされるのでやっぱり距離感は大切にしないとダメですね。

「えっ？　これって武器になるんですか？」

見た目は本当にただの折りたたみ杖です。

「正直、わかりません。少しだけ実験をしてもいいですか？」

「ええ、いいですけど、痛いのは嫌ですよ」

「もちろんです」

私は手渡された杖を矢場沢さんの腰へと引っかけて引き寄せます。

足首では転倒させてしまうので、腰です。

「あの、どういう意図が？」

彼女を引き寄せて、私の胸に飛び込ませてしまいました。

やってしまいました。先ほど距離感を気にしたのに、引き寄せるなんて最悪です。

突き飛ばされないのが奇跡ですね！　とても良い匂いがします。

「すいません。他の方法が思いつきませんでした」

私は慌てて矢場沢さんから距離をとって、土下座しました。

「セクハラで訴えないでほしいです」

杖の使い方として、本来は足に引っかけて倒すことを説明します。

オジサンが若い子に触れたくてやった行為だと誤解して、セクハラと言わないでほしいです。私はやった後に気づいたので、申し訳ありません。

「なるほど、それで引き寄せて抱きしめたと」

アウトです。頭を上げることができません。

上から矢場沢さんの怖い視線を感じます。

やっぱりオジサンの胸に飛び込むとか嫌ですよね。怖い思いをさせてしまいました。

「まぁ、怪我《けが》をしないために腰だったことはわかりました。ですが、今度からは説明してからお願いします」

「はい。すいませんでした」

「そんなに謝らないでください」

「いえ、私の土下座なんて軽いものです。これで許していただけるなら」

「もういいですよ。仕事に戻りましょう」

「はい」

せっかく矢場沢さんから歩みよって来てくださったのに、余計なことをしてしまいました。一緒にお昼を食べるまで仲良くなったのに、嫌われてしまいました。

「あの、もう怒ってませんから」

「えっ？」

「だからそんなに落ち込んだ顔をしないでください」

「はっ、はい！」

許してもらえたのでしょうか？

「もう、なんでそんなに嬉《うれ》しそうなの？　ふふ、なんでそんなに嫌じゃないんだろう？」

矢場沢さんが小さな声で何か言っています。

席を挟んでいるので、何を言っているのか聞こえませんでした。

でも、許してもらえたのは嬉しいです。

◇

会社を出て、自宅に帰ると、いつものご近所ダンジョンさんへ向かいます。

また人影を発見しました。

「出現頻度が増しているみたいですね。ご近所ダンジョンさんは特殊認定されていたので、未知なことが多いのかもしれません。ミズモチさん、今日も戦いますか？」

プルプルと臨戦態勢を取られ、ミズモチさんから、戦う意志が伝わってきます。

私も気合いを入れるしかありませんね。

「ミズモチさん。今日は私に任せてもらえませんか？」

プルプルとして『？？？』という反応をするミズモチさん。

「実は杖を試してみたいんです」

本日は金属バットではなく、杖を持ってきました。

プルプルとしながら、ミズモチさんから『頑張って』と応援が伝わってきます。

「任せてくれるのですか？　ありがとうございます。ですが、不安なので何かあればお願いしますね」

プルプルとして『まかせろ』と言ってくれています。ミズモチさんに守られて、本当に心強いです。私は小鬼へ近づいていって、気づいていない小鬼へ杖を突き当てます。

『ギャッギギ！』

杖が触れたことでこちらに気づいた小鬼が立ち上がろうとする瞬間に、杖を突いて押し込みました。

小鬼は意表を突かれたように尻餅《しりもち》をつきましたが、私はここで容赦するわけにはいきません。腹部に杖を突き落としました。

『ギャッ！』

小鬼は杖を突き立てただけで魔石へと変わってしまいます。

「あれ、倒せてしまいました」

ミズモチさんがプルプルと『よくやった』と言ってくれました。

私一人で小鬼を討伐することができました。

物凄《ものすご》く拍子抜けしましたが、どうやら小鬼は一定のダメージを受けると魔石に変わってしまうようです。さすがはスライムと並ぶ最弱魔物。初心者の私には丁度良い相手でした。

「あれ？　レベルアップ音がしました。どうやらレベル二になったようですね。レベルアップといっても身体能力が上がる実感がないのでわかりにくいです」

ご近所ダンジョンさんで魔石を破壊して魔力を吸収しました。

ミズモチさんが『よくやったな』と親指を立てている気がします。

それ以上は小鬼が出現することはなかったので、私たちは帰宅しました。

◇

さてさて、本日のご近所ダンジョンさん探索でレベルが二に上がりましたよ。

前回は、スキルポイント十をもらって《悪臭カット》を習得しました。

今回は、どんな秘められた才能が開眼するのか楽しみで仕方ありません。
・レベル：二（スキルポイント二十）
スキルポイントをタッチすると項目が現れました。

・テイムした魔物の攻撃強化＋一
・テイムした魔物の防御強化＋一
・テイムした魔物の魔法強化＋一
・テイムした魔物の魔法防御強化＋一
・テイムした魔物の状態異常耐性強化＋一

・テイムした魔物の回復力強化＋一
・テイムした魔物の状態異常回復力強化＋一
・念話
・杖術《じょうじゅつ》基礎
・察知
・育毛＋一

おや、今回は少し前とは違う項目が増えていますね。

ミズモチさんを強くする項目は取るのが決定事項です。

残るポイントは六ポイント。今回は二ポイントずつ消費されました。

念話はミズモチさんと会話が出来るということでしょうか？

ペットとお話するって最高じゃないですか。

あっ、でも、念話は三ポイント、育毛＋一は四ポイントなんですね。

この間よりもハードルが上がっているのは、私が剃《そ》ってしまったからでしょうか？　育毛＋一を取ると、念話が取れません。もちろん、念話を取りますよ。

あれ、瞳《ひとみ》から汗が溢《あふ》れてくるのは気のせいですよね。

念話と杖術基礎、それに察知を取りました。
・念話で三ポイント
・杖術基礎で一ポイント

・察知で二ポイント
以上でスキルポイントを全て消費しました。

習得すると詳細が見られるようです。

new《念話》
・テイムした魔物と会話が出来る。
但し、会話レベルは、魔物の知能やレベルによる。

new《杖術基礎》
・杖を武器として使うことが上手《うま》くなる。
アクティブスキル
・フック
・プッシュ
・ダウン
・命中率アップ
杖術に変な名前を付けられてしまいました。

落とすって、ダウンなんでしょうか？　私の英語理解力がないから変換が幼稚なのでしょうか？

一先《ひとま》ず技名がついたのは嫌ではありませんね。

new《察知》
・ボッチでダンジョン探索を続けていると魔物の気配に気づきやすくなる。
はっ？　ボッチ？　ミズモチさんと一緒ですけど、人をボッチ呼ばわりとは、詳細を作った方からの悪意を感じますね。


スキルを作った方がいるなら、取る前から詳細は見えるようにしてくれませんかね。

《察知》の能力がショボすぎませんか？

詳細さえ見えていれば、《育毛＋一》も調べられるのに。

どうして取るまでは見れないのですかね。私への嫌がらせでしょうか？　ハァ、いいです。

「ミズモチさん」

《念話》を試してみることにしました。

呼びかけると、ダンボールからミズモチさんが出てきてくれます。

相変わらず、ノソノソとゆっくりな動作は可愛《かわい》いです。

「ちょっと、よろしいですか？　《念話》を試してみたいのです」

私は《念話》のスキルを使うためにミズモチさんに問いかけてみました。

《ミズモチさんはプルプルしています》

えっ？　これだけ？

「ミズモチさん、何か私に伝えたいことはありますか？」

《ミズモチさんはプルプルしています》

念話さん？　何の意味があるんですか？　私のレベルが低いのが原因ですか？

「ミズモチさん。私がレベルを上げればミズモチさんとお話が出来るようになりますか？　ミズモチさんと話ができるなんて夢のような能力だって思ったのに、ハードルがあるのですね」

《ミズモチさんはプルプルしています》

「むしろ、念話さん。なんですかねこれ、第三者様が事象について語っているように感じますよ」

レベルアップ後の能力って何なんでしょうね。

テイムした魔物の強化は確かにジョブに合わせた能力だと理解できます。

ただ、私自身の強化される能力がショボすぎませんか？　まぁレベル二だからこんなものなのでしょうか？　本日はレベルアップについて調べることにしました。

マッスルV《ブイ》さんは冒険者について本当に丁寧に書かれています。

「ふむふむ、レベルアップは冒険者職業に応じてスキル内容が変化するのですね。ビーストテイマーはテイムした魔物を強化するスキルが多く、主人の能力アップは微々たることが多い。そのためビーストテイマーは不人気職とされている。わかる気がします」

私がレベルアップして、テイムしたミズモチさんを強くしてあげれば、ミズモチさんが他の魔物に負けることがなくなるのでしょうね。

それがミズモチさんのためになるのでしたら、本気でレベルアップも考える必要がありそうです。

「ミズモチさん、強くなりたいですか？」

《ミズモチさんはプルプルしています》

念話さんはうるさいです。

私はミズモチさんと心を通わせた方が、会話が出来るので黙っていてください。

「どうですか？」

プルプルと震えるミズモチさんからは『強くなりたい』という意志が伝わってきました。

「わかりました。今のダンジョンだけでなく、ミズモチさんとレベルアップを頑張ってみようと思います。もう少し冒険者としての仕事内容を知らないといけないと思いますが、一緒に頑張りましょうね」

私がミズモチさんに手を差し出すと、子犬ぐらいに大きくなっているミズモチさんがお膝《ひざ》の上に乗ってきてくれました。

プルプルとしたミズモチさんの体を撫《な》でてあげると、ミズモチさんは気持ちよさそうにプルプルしておられます。

《ミズモチさんはプルプルしています》

念話さん、それは見ていればわかりますよ。

第六話　冒険者ショップ

冒険者業を正式に副業として、平日はいつものご近所ダンジョンさんへ散歩に出かけ、週末は魔ネズミの住処《すみか》に行く日々が一ヶ月ほど過ぎた頃……。

いつものダンジョンに人影を見つけました。

「ご近所ダンジョンさんでは、久しぶりの小鬼ですね」

杖術を習い出した当初に出会ってから出現していませんでした。

「週末は魔ネズミの住処で戦闘経験を積んでいます。レベルは上がっていませんが、そろそろレベルが上がって欲しいです」

《ミズモチさんはプルプルしています》

「ミズモチさんもそう思いますよね」

私は元々臆病《おくびょう》な性格なので、一匹でも油断はしません。

相手と命のやりとりをしているのです。

いくら、相手が杖《つえ》で突いただけで倒せるといっても、何が起きるのか分かりませんからね。

「ミズモチさん、慎重にいきますよ」

《ミズモチさんはプルプルしています》

「やぁ！」

私が小鬼を倒そうと杖で突くと、硬い感触で跳ね返されました。

「えっ？」

『ギッギギ！』

こちらに気づいていた様子で、振り返った小鬼の手にはボロボロの鉈《なた》が握られていました。サビサビで絶対に良い物ではありません。

ですが、私の杖を防ぐことが出来る武器を持っている小鬼は初めてです。

「これは、ピンチですね」

背中に冷や汗が流れました。いつもなら小鬼は素手で襲いかかって来る程度です。

それが、進化した？　武器を持っただけで恐怖心が高まります。

もしも、あの鉈で傷を負ったら……死。

恐怖から、体が震えます。

《ミズモチさんはプルプルしています》

「えっ？」

私が問いかけていないのに、念話さんが発動しました。

それはミズモチさんの方から何かを伝えたいと、私に話しかけてくれているということです。

まさか念話さんがこんなところで意味を成すなんて、念話さんも働いていたんですね。

それにミズモチさんが話しかけてくれたので、頭が冷静になりました。

ボロボロの鉈を持っていても、慌てることはありません。

「《フック》！」

私は小鬼の手元を狙って《フック》を使いました。失敗です。的が小さすぎました。

小鬼も警戒しているので、こちらと距離を空けて、私に意識を集中しているようです。

『グギッ！』

私に集中しているだけではダメですよ。

ミズモチさんが、小鬼の横から体当たりを決めてくれました。

今度こそと《フック》を使って小鬼の手元の武器を狙います。

どうやら上手《うま》くいったようで、小鬼が武器を落としました。

そのままミズモチさんにトドメを刺されて、魔石へと変わってくれたので戦闘終了です。

「ふぅ、小鬼との戦闘で、久しぶりに緊張しましたね」

ミズモチさんとの連携が上手くいきました。

「ミズモチさんありがとうございます」

《ミズモチさんはプルプルしています》

「ふふ、念話さんは翻訳をしてくれませんが、何か話しかけてくれているのはわかります。ミズモチさん、帰りましょうか」

帰るため立ち上がろうとして、私は二つの落とし物に気づきました。

「あれ？　赤い魔石がいつもより大きいですね。それに先ほどのボロボロの鉈も落ちています。あれですかね。ドロップアイテムという物ですかね」

《ミズモチさんはプルプルしています》

「やっぱりそうですよね。私には必要ないから冒険者ギルドで売れるのか聞いてみようと思います」

武器持ち小鬼との戦闘で、レベルが上がることはなかったです。

ですが、初めて魔石以外のドロップアイテムをゲットしました。

◇

本日は、ドロップアイテムの買取りにやってまいりました。

劣化した鉈（状態：不良）は、水野《ミズノ》さんが教えてくれたアプリで検索すると、相場を知ることができます。なっ、なんと二万で売れるそうです。

ブラック商事勤務の私には物凄《ものすご》くありがたい臨時収入です。

冒険者って凄いんですね。

最近は週末になると魔ネズミの住処に行って、十四分の魔石を集めています。

それでも二千円をもらえて嬉《うれ》しく思っていました。

ですが、その十倍です。副業で一ヶ月三万も稼げてしまいます。

あっ、でもこれって申告しないといけないのでしょうか？　税務署職員さんが突然やって来て、「脱税ですよ」って言われませんか？

「冒険者登録をされている阿部《アベ》さんは、冒険者税になります」

「冒険者税？」

インフォメーションの水野さんに税金のことを質問すると、新たな知識を授けてくださいました。

「依頼に対して危険手当が出る話はしましたよね？」

「されました」

確か、魔ネズミの魔石を五つ持ってくると国から支給される危険手当として、一千円もらえるって言ってましたね。

「その際に、税金を引かせていただいています。冒険者として稼いだお金は、稼いだ時に税金を払ってもらっているんですよ」

「そうだったんですね、知りませんでした。教えていただき、ありがとうございます」

やっぱり、わからないときはインフォメーションの水野さんに聞くのが一番です。

水野さんは、前にインフォメーションをされていた方に替わって、受付から正式にインフォメーションに移動してきたそうです。

前インフォメーションの女性は、山田《ヤマダ》講師と恋愛の末、寿退職されたそうです。

山田講師イケメンでしたからね。

初心者講習では丁寧な方だったので、よかったです。

私よりも年下のイケメンがアナウンサー風の美人と結婚ですか、羨《うらや》ましいです。

「ですので、阿部さんが、追加で税金を納めることはありません」

「あの、住民税の上乗せも無いのでしょうか？」

「冒険者として稼いだお金に関しては、住民税が非課税になるんです」

「えっ！　そうなんですか？」

「はい。その代わり、冒険者としての仕事を最低でも一年の内に一度はしてもらう義務が生じます」

「はぁ、知らないことがたくさんですね」

税金のことも、冒険者のことも、まったく知りませんでした。

でも、知らない間に税金対策が出来て、副収入までゲット出来ていました。

「危険な仕事なので、国からの配慮です。それでも毎年亡くなる方が出てしまうので、講習やご自身を鍛えることは続けていただけるとありがたいです」

「それはそうですね」

初めて小鬼と出会ったときは、私もパニックになりました。

髪を掴《つか》まれて頭を蹴《け》られれば殺されていたかもしれません。

ミズモチさんがいてくれて本当によかったです。

鉈を持った小鬼との戦闘は、命の危機を感じました。

「色々と国も考えてくれているんですね」

「そうですね。ですが、冒険者の方々はあまり税金を気にしませんので、阿部さんの質問は珍しかったです」

「えっ？　そうなのですか、税金やお金の問題は社会人として知らないと損しますよ」

「そう考える方は、もっと堅実な仕事をしますから」

冒険者に憧《あこが》れてなる人もいるでしょうが、一攫千金《いっかくせんきん》を狙ってしまうんでしょうね。

私も基本的な税金の仕組みは分かりますが、副業や自営業の税金に関しては詳しくありません。

サラリーマンは、会社の経理を私と矢場沢《ヤバサワ》さんがまとめ、税理士さんが見てくれます。

税理士さんは、課長や部長が連れてきた方なので、少しいい加減ではありますが、税理士さんの判子がいただけているので、良いと課長がゴリ押ししています。

「なるほど、まぁ私も今の仕事をやめてまで冒険者一本でやろうとは思いませんもんね」

「その方が堅実だと思います。討伐依頼は危険なことをすればレベルも上がりやすいでしょうが、やっぱり危なくない範囲で挑戦してくださいね」

「はい。それは任せてください。私ビビりですので」

怖いのとか、本当にダメです。

ミズモチさんがいないと絶対ダンジョンなんて入りたくありません。

「ふふ、冒険者をされている方で、自分でビビりだという人も珍しいですよ。阿部さん面白いですね」

水野さんはお綺麗《きれい》なのに、笑うと可愛《かわい》いのです。

あっ、すいません。一瞬惚《ほ》れてしまいました。見惚《みと》れるってやつですね。

「いやいや、私なんて。それよりも本日は劣化した鉈を売りたいのですが、どちらに行けば良いですか?」

「買取り所で査定が必要になりますので、右の通路をお進みください」

「色々と教えていただきありがとうございます」

「私の仕事ですから。でも阿部さんと話すのは楽しかったです。気にしないでください」

何度も頭を下げて、水野さんの下を離れました。

小さくガッツポーズをしたことは、誰にも見られないようにしました。

水野さんは親切で綺麗なだけでなく、笑った顔が素敵です。

あんな女性とお付き合い出来たら最高に幸せでしょうね。

今日の、「仕事ですから」はなんだか優しかった気がします。

もしかしたら、好意を持ってくれたのでしょうか？

◇

水野さんが教えてくれた通路を進むと、冒険者ショップの看板が現れました。

どうやら冒険者ショップで買取りをしてくれるようです。

早速、劣化した鉈（状態：不良）を売却しました。

「こちらの商品ですが、普通の物よりも魔力量が多いので五万になります」

グォ！　五万、そんなにいただけるんですか？

「どうされますか？　売りますか？」

「お願いします」

「はい。では冒険者カードの提示をお願いします」

「こちらです」

「はい。完了です。冒険者カードの方へ振込させていただきました」

冒険者カードに振込？　また知らないワードが出てきました。

大金をゲットできたのは嬉しいのですが、私は説明を求めます。

すると、冒険者カードには色々と凄い機能がついております。

世界政府公認の冒険者ギルド運営で、冒険者銀行があるそうです。

さらに、冒険者銀行と紐付《ひもづ》けされて電子決済ができるのです。

恥ずかしながら、某有名電子決済アプリもダウンロードしていません。

色々と機能があって便利なのはわかるんですけど、なんだかわからない物に手を出すことが恐れ多いと思っていました。

この度、電子決済デビューすることになりました。

「何か買われていきますか？」

買取り所のお姉さんに問いかけられて、私は戸惑ってしまいます。

「えっと、今から下ろしてこないとお金が……」

「えっ？　ああ、冒険者初心者でしたね」

「はい。私、冒険者初心者マークです」

渾身《こんしん》の勇気を振り絞って言ってみましたが、お姉さんにスルーされました。

「さっき説明した電子決済ができるって話の続きで。冒険者カードは身分証だけでなく、銀行カード、デビットカード、電子決済も出来ますよ。他にもスマホと連動させたアプリを使えば討伐数の確認もできます」

インフォメーションの水野さんに教えてもらったアプリは冒険者カードと同じぐらい、色々な機能を秘めていました。

買取り所のお姉さんが親切に説明をしてくれたので、聞いたからには何か買わないと悪いと思ってしまいます。私はショップ内を見て回り、二本の杖《つえ》を見つけました。

「あの、これって何が違うんですか？」

白い杖と黒い杖、どちらも同じような杖なのに値段が全く違います。

「白は自己修復の杖だよ」

私と話すことに慣れてこられたのか、ショップ店員さんの口調が砕けてきました。

「自己修復？」

「ああ、そいつは傷ついても、折れても自分の内蔵する魔力で回復するんだよ。魔力切れを起こしたら魔力を補給すればいいし、その値段も妥当だね」

白杖《はくじょう》さんは三百万でした。高すぎませんか？　これが妥当？　冒険者の金銭感覚が異常なのか、自分が庶民すぎるのでしょうか？

「こっちの黒杖《こくじょう》さんはおいくらですか？」

「黒杖？　ああ、そっちは壊れない杖だよ。ただ硬いだけの杖で、魔力もそれほどない。普通の杖よりも頑丈ってだけだから」

黒杖さんは三万です。魔力のあるなしっていったい……。

「それじゃあ、この黒杖さんをください」

「杖を？　珍しいね。杖を武器にする人は少ないから、う〜ん、初心者だしまけとくよ」

そう言って冒険者カードで決済をタッチすると、ピロリンと音が鳴って、三万円が引き落とされましたと連絡がアプリに来ました。まけてくれるのでは？

「うん？　ああ、ポイントも知らないか、ちょっと貸して」

私は買取り所のお姉さんにスマホを渡すと、アプリの画面を操作して、お姉さんがポイント画面を見せてくれました。

「冒険者ポイント、これを貯《た》めると商品と交換できるから、貯めといて」

ポイントは本来百円で一ポイントだそうなのですが、十円で一ポイントを付けてくれたそうです。

つまり、三万円分の杖を買ったので、三千円のポイントを付けてくれました。

一割ポイント還元、大きいですね。

ポイントサービスは基本的に割引制度ですからね。

たくさんもらえるのは嬉しいことです。

「ありがとうございます」

「あんた、面白いね。あたしはカリンって言うんだ。あたしがいるときに買い物してくれたら、またポイントでサービスしてあげるよ」

「ありがとうございます。阿部秀雄《ヒデオ》です。今後もよろしくお願いします」

カリンさんは豪快な感じの目鼻立ちのハッキリとした美女さんです。

作業着が似合っていて、話していて気持ちの良い女性でした。

第七話　シチューはスープ？　オカズ？

カリンさんにお礼を告げて、冒険者ショップを出ました。

臨時収入は二万まで減ってしまいましたが、元々三万は多めにいただいたお金なので、黒杖さんを買えたのは、良かったと思います。

「ミズモチさん、本日は奮発して焼き肉にしましょう」

《ミズモチさんはプルプルしています》

「ふふ、ミズモチさんも喜んでくれますか？　ミズモチさんは、お肉好きですからね」

私はさっそくお肉屋さんにやってきました。

いつもはスーパーですが、本日は奮発します。

カルビにレバーにロース、年齢と共に量は食べられなくなったのですが、食べられない分はミズモチさんが食べてくれますからね。私はタンとハラミが好きです。

それも買って、ソーセージと豚トロに、お金を気にしない買い物が楽しいです。

焼き野菜も忘れませんよ。

「阿部《アベ》さん？」

八百屋さんで、ダンスを踊りたい気持ちで野菜を選んでいると声をかけられました。

「ふぇ？　矢場沢《ヤバサワ》さん、どうして？」

制服ではない矢場沢さんに遭遇してしまいました。普段からギャルメイクなのですね。

仕事場の時よりは薄い化粧をしています。

仕事場では気合いが入っているのでしょうね。

「ここのスーパー、私の家から近いので。それにしても凄《すご》い荷物ですね」

「ええ、副業で臨時収入が入りまして、本日はミズモチさんと焼肉パーティーをしようと思うんです」

「焼肉ですか、いいなぁ～」

おや？　矢場沢さんが羨《うらや》ましそうな目をしています。

対人恐怖症の矢場沢さんを誘って問題ないのでしょうか？　断られてしまうでしょうが、誘ってみましょうか？　まぁ社交辞令半分で聞いてみましょう。

「良ければ一緒に食べますか？」

「えっ？　いえ、そんな悪いですよ」

「いえいえ、見ての通り大量に買ってしまって、二人で処理するのは大変なんです」

「そっ、そうなんですか？」

「ええ。ミズモチさんと二人暮らしなので、お嫌でなければですが」

「う～ん、焼肉食べたいです」

矢場沢さんお肉が好きなんですね。

私への恐怖心よりも、お肉の誘惑が勝ったようです。

今日は奮発しましたから、良いお肉で焼肉は最高ですよ。

「失礼します」

「どうぞ、狭いですが、こちらへ」

私は座布団を出して、テーブルの前に座っていただきます。

リュックからミズモチさんをダンボールへ移動させていると、視線を感じました。

矢場沢さんが興味深そうにこちらを見ておられます。

「ご興味ありますか？」

「えっ？　いえ、大丈夫なのかなって」

「ミズモチさんはとても優しいので大丈夫です」

《ミズモチさんはプルプルしています》

「ミズモチさんが触ってもいいよと言ってますよ」

「えっ？　プルプルしていただけでは？」

「私、テイマーなのでなんとなく分かるんです」

「へぇ、なんだかいいですね」

矢場沢さん、ミズモチさんに視線を向けて興味を示しています。

昔は猫を飼っていたと言われていたので、生き物が好きなのかもしれませんね。

せっかく仲良くなれたので、傷つけないようにしないといけません。

四十代独身男性の部屋に、若い女性が来てくれた事だけで嬉《うれ》しいです。

我が理性よ。今こそ力を発揮するときです。

「ミズモチさん、矢場沢さんのお相手をお願いします。私は焼肉の準備をしてきますので」

《ミズモチさんはプルプルしています》

「あっ、私、手伝いますよ」

「いえいえ、矢場沢さんはお客様です。どうぞドッシリ構えてお待ちください」

私は手早くホットプレートを用意して、肉のラップを外して割り箸《わばし》と、焼き肉のタレを入れるお皿を用意します。

「飲み物は何を飲まれますか？　ビールもありますよ」

ミズモチさんが来てから飲む量が減ってしまっているので結構余っています。

「えっと、じゃ、ビールで」

矢場沢さんはビールが飲める人でした。

「それでは乾杯から！」

「はい」

「ミズモチさん。あなたが来てくれて焼肉まで食べられるようになりました。ありがとうございます。乾杯」

「乾杯」

ミズモチさんへ肉と野菜を山盛りで提供します。

「ミズモチさん、焼き立ては熱いので、気をつけてくださいね」

《ミズモチさんはプルプルしています》

念話さんを通して、ミズモチさんが感動しているのが伝わってきます。

「美味《おい》しい」

「今日は奮発しましたからね。お肉屋さんの中でも良いお肉です。どんどん食べてください」

ビールに焼き肉、目の前には矢場沢さんとミズモチさん。

この間まで一人だったのが、ウソのような賑《にぎ》やかな光景に、嬉しくて飲みすぎてしまいそうです。

明日は休日なので、飲んでも大丈夫です。

三人で楽しく焼肉パーティーをして、お酒もどんどん進みました。

お肉を全て食べ終わって、お酒を矢場沢さんと二人で飲みながらお話をします。

「ウェイ～、阿部さん飲んでますか？」

「矢場沢さん、大分酔われていますよ。大丈夫ですか？」

「ダイジョウブ、ダイジョウブ、こんなの序の口です。あっ、言っておきますが、ワタシは～人が嫌いなんですからね！」

「そうなのですか？」

お酒が入っているから、本日の矢場沢さんは饒舌《じょうぜつ》ですね。

「だけど、課長の一件でも、私のミスでも阿部さんは文句を言わないで～、毅然《きぜん》とした態度で仕事をされていたんですよ。それにミズモチさん。可愛《かわい》い～」

話の脈略がありませんね。

褒めてくれていたのに、急にミズモチさんを抱きしめられました。

これは本日の記憶は残らなそうですね。

「阿部さんなら～、信用してもいいかなって、思うようになったんです」

「そうですか。では、信用を裏切らないように頑張ります」

「はい！　頑張ってください。私の信用は高いんですからね」

呂律《ろれつ》が回らなくなった矢場沢さん。

「矢場沢さん。そろそろ帰られてはいかがですか？　大分酔われていますよ」

「いや！　まだ飲む。暑い！」

酔った矢場沢さんは、ヤバい人です。

いきなり服を脱ぎだしました。

大きなお胸が解放されて、私は釘付《くぎづけ》になってしまいます。

「矢場沢さん！　服を着てください。男物ですが、これでも着てください」

急に立ち上がったせいなのか、私もクラクラと目が回ってしまいました。

◇

目が覚めると朝日が差し込んでいます。

いつ寝たのか覚えていませんが、焼肉は片付けられていました。

二日酔いで頭が痛いです。昨日はあまりにも楽しくて飲みすぎてしまいました。

買いすぎたかと思っていましたが、肉は全てミズモチさんが食べてくれました。

矢場沢さんが案外お酒に強くて、三人で過ごした賑やかな夕食は楽しかったです。

ずっと一人で過ごしてきた私は、人恋しかったのですね。

矢場沢さんがいることにテンションを上げすぎて、矢場沢さんがいつ帰ったのか覚えていません。

ふと、起き上がるために掛け布団をどけようと手を払うと。

ムニュ、ムニュ？　何かが手に当たりました。

ミズモチさん？　私は自分が触れている物へ視線を向けました。

そこには男性物のシャツを着て、スウェットパンツを穿《は》いた、ラフな格好の矢場沢さんが寝ていました。えっ？　慌てて矢場沢さんに触れていた手を退《ど》けます。

まさかと思って、自分の服を確認しました。普通に着ています。

「う、うん？　阿部さん？」

私の挙動がおかしかったからか、音が大きかったためか、矢場沢さんを起こしてしまいました。

「おっ、おはようございます。矢場沢さん」

「はい。おはようございます。すいません。洗面所借りますね」

えっ？　なんか普通ですね。

こういうときは慌てるのは女性の方かと思っていました。

人間不信の話を聞いたまでは覚えているのですが、それ以降が全然記憶にありません。

まぁ、きっと何もなかったのでしょうね。

矢場沢さんが洗面所に入っている間に、私は布団を片付けました。

台所で顔を洗って、コーヒーを入れます。

「コーヒーでも大丈夫ですか？」

「あっ、はい。ありがとうございます」

洗面所から戻ってきた矢場沢さん。

えっ？　誰？　ギャルメイクをしていない矢場沢さんは、清楚《せいそ》系美女だったんですね。

ギャップって怖いです。私の心を盗まれてしまうところでした。

「くぅ、苦みが滲《し》みる～。美味しいですね」

「えっと、昨晩はたくさん飲みましたからね」

「そうですね。久しぶりに楽しかったです」

「それはよかったです」

「あっ、改めてご馳走様《ちそうさま》でした」

矢場沢さん、対人恐怖症なのに、無防備すぎませんか？

朝とはいってもラフな格好なんですよ。

頭を下げると胸元が見えてしまいそうです。私の理性を刺激しないでください。

「昨日は食べて、飲みすぎました。少し胃が重いです」

「大丈夫ですか？　胃腸薬を飲まれますか？」

私は《自身の回復（極小）》のお陰なのか、起きた時にあった頭痛や二日酔いもすぐに収まりました。もちろん、胃が重いこともありません。

「いえいえ、阿部さんはお酒が強いんですね。昨日は凄かったです」

凄かった？　昨日は私、何をしたんでしょうか？　全然覚えていません。

「二人でどれだけ飲んだんでしょう？　私もお酒が好きなんですが、私より強い人に初めて会いました」

あっ、お酒の話ですか。焼肉を食べていた間は覚えているのですが、片付けをして、ツマミとお酒だけを飲み出してからの記憶が曖昧《あいまい》です。

秘蔵の焼酎《しょうちゅう》である、魔王《まおう》と二階堂《にかいどう》が空になって転がっています。

「ミズモチさんもプルプルしながら、お酒を飲んでいましたが、大丈夫なんでしょうか？」

ミズモチさんもお酒を？　私はミズモチさんが寝ているダンボールを覗《のぞ》き込《こ》みました。

「ミズモチさん大丈夫ですか？」

《ミズモチさんはプルプルしています》

「おや？　大丈夫そうですね」

「うわ、二人とも本当に強いんですね。しかも二日酔いも無さそう」

「はい。それは大丈夫です」

「うう、敗北感。でも、なんだか新鮮です。よし」

矢場沢さんは、たたんで置いてある自分の服を持ち上げて、洗面所へ入っていきました。

「矢場沢さんは何も気にしていないようなので、大丈夫なんでしょうか？　私、経験がありませんので、どうだったのか全くわかりません」

呆然《ぼうぜん》としながら、コーヒーを飲んでいると……。

「阿部《あべ》さん。昨日借りた服ありがとうございます」

そう言って着替えを済ませた矢場沢さんに服を渡されました。

やっぱり矢場沢さんは良い匂いがします。

「阿部さんも男性なので使ってもいいですが、あまり汚してはダメですよ。私も大人なので、それぐらいの理解はあります」

使う？　使うって何にですか？　何を汚すのですか？

「阿部さん。昨日は奢《おご》ってもらったので、今度は私が何か奢りますね。それでは失礼します」

「あっ、はい」

玄関で矢場沢さんを見送って、部屋へと戻ると嵐のような時間が終わったような気がします。何でしょうか？　化粧を落とした矢場沢さんは、小悪魔チックな魅力に溢《あふ》れていて、掌《てのひら》の上で転がされている気がしてなりません。

「思わぬ形で朝ちゅんしてしまいました。ミズモチさん、私は男になったのでしょうか？　まったく覚えていないのです。使うって何に使うんでしょうか？」

私はそっと矢場沢さんが着ていた服を持ち上げて嗅《か》いでみました。

「はっ！　私はいったい何をしているのでしょうか、良い匂いがしますが、こういうことはダメです」

気分を変えるために大掃除をすることにしました。

洗濯をして、掃除機をかけて、窓をあけて、布団を干します。

もしも、また矢場沢さんが来てくれたときに汚い部屋なのは嫌ですからね。

それに矢場沢さんの匂いがしているだけで、私の理性が崩壊しそうなのです。

空気の入れ替えです。


一通り片付けを終えてスマホを見ると。

《矢場沢》『昨日はご馳走様でした。途中からの記憶がありませんが、お肉美味しかったのは覚えています。明日はお礼にお弁当を作っていこうと思います。嫌いな物はありますか？』

手作り弁当！　私、母親以外の手作り弁当は初めてです。

お弁当屋さんのオバチャンが作ったお弁当しか食べたことがありません。

《阿部》『気にしないでも大丈夫ですよ。私は嫌いな物はありません。なんでも美味しく食べられます』

ガツガツしていたでしょうか？　メッセージはなんて返せばいいのか迷いますね。

《矢場沢》『はい。それでは私の好きな物を入れていきます。楽しみにしていてください。それではまた明日お仕事で』

《阿部》『はい。また明日。よろしくお願いします』

私は体から力が抜けて座り込んでしまいました。

何でしょうか？　お昼なのですが、胸がいっぱいでお腹《なか》が空《す》きませんね。

◇

朝から私の心はソワソワとして、落ち着くことがありません。

会社に出社してから、チラチラと矢場沢さんのことを見てしまいます。

矢場沢さんはいつも通りのギャルメイクです。

ですが、いつも感じる近寄るなというオーラを感じません。

ふと、昨日見た素の顔の方がいいのにと、つい余計なことを考えてしまいます。

「それじゃあ〜、私はお昼に行ってくるねぇ〜」

そう言って三島《ミシマ》さんが飛び出していきました。

私はどうすればいいのかわからなくて座っていると、矢場沢さんが立ち上がりました。

「阿部さん。少し待っていてくださいね」

「はい！」

私、午前中の仕事がほとんど手に付きませんでした。

あっ、もちろん仕事は終わらせましたよ。

ミスがあるかもしれないので、後でチェックしなくては。

「お待たせしました」

水筒のような大きなお弁当箱の中から二つのご飯と、おかず、最後にスープジャーからシチューが出てきました。

「凄《すご》い豪華ですね。オカズにシチューですか？」

「あっ、阿部さんの家ではシチューをスープと思わない派ですか？」

「えっ？　シチューがスープ？」

「高校のときにシチュー論争をしたりしませんでした？」

「シチュー論争？」

美味しそうなお弁当に緊張していましたが、シチュー論争が気になります。

「まずは、食べてからにしましょう。せっかく温めたので」

「はい！　そっ、それではいただきます」

「召し上がれ」

私はおかずの中から卵焼きを取りました。

綺麗《きれい》に巻かれた卵焼きは少し甘めで、出汁《だし》の味がしっかりしていました。

「ウマッ！」

「ふふ、喜んでもらえてよかったです。お弁当の卵焼きって美味しいですよね」

ほうれん草の胡麻和《ごまあ》えも、アスパラベーコンも、唐揚げも最高に美味しいです。

矢場沢さん料理上手だったのですね！　矢場沢さんと結婚する人が羨《うらや》ましいです。

「ふふふ、阿部さんって意外に顔に出る人だったんですね。喜んでもらえてよかったです」

「顔に出ていましたか？　美味しい物を食べるときは、つい幸せな気持ちになりますから」

私はシチューを飲んでみました。温かい食べ物ってほっこりとして良いですね。

「ふぅ～ご馳走様でした」

温かいお茶を入れて矢場沢さんにお渡しします。

焼肉のお礼ということでしたが、最高に幸せな気分をいただきました。

せめてものお礼として洗い物だけはさせていただきます。

「お粗末様でした。洗い物ありがとうございます」

「いえいえ、こちらこそこんなにも美味しい手作りご飯は久しぶりでした」

「喜んでもらえてよかったです」

「矢場沢さんは料理上手なんですね」

「上手かはわかりませんが、料理を作るのは好きなんです。またよかったら作ってきますね」

「それは嬉《うれ》しいですが、負担にはなりたくないので、無理はしないでくださいね」

ミズモチさんが来る前は矢場沢さんとここまで楽しくお話が出来ると思っていなかったので、今では家も会社も本当に楽しいです。

「あっ、そういえばシチュー論争ですが、阿部さんの家では、シチューはパンですか？　それともご飯？」

「家ではシチューはパンとサラダですね。メイン料理として出ていました」

「うちは、ご飯と別にメインが有ってスープとして出ていました。高校でシチュー論争があったんです。シチューは、メイン料理か、オカズか、スープかって」

「スープという発想はなかったですね」

「うちは普通にスープでした。高校ではオカズだって言う子もいて熱い論争が繰り広げられたんですよ」

シチュー論争って面白いですね。

その家庭によって食べ方が違うってありますもんね。

◇

矢場沢さんとお昼を楽しく過ごせた良い日です。

私は気分良く、本日もご近所ダンジョンさんにやってきました。

この前は武器を持つ小鬼がいたので、今回は黒杖《こくじょう》さんを持参してきました。

柳《ヤナギ》師匠からいただいた折りたたみ杖《つえ》は、会社に行く際に持ち歩くようにしています。

黒杖さんは頑丈なので、ご近所ダンジョンさんに行く際に持っていく用にしました。

「ミズモチさん、このご近所ダンジョンさんは相変わらず人が来ませんね」

《ミズモチさんはプルプルしています》

戦闘を楽しみにしているような気持ちが伝わってきます。

「ミズモチさんは相変わらず強気ですね。私はやっぱり戦闘は怖いです」

小鬼を杖で倒せるとわかっていても、警戒を解くことができません。

「何もなく平穏に暮らすのが一番ですよ。毎週、魔ネズミの住処《すみか》でレベルが上がってくれれば嬉しいのですが、未《いま》だにレベル二ですからね。レベルが上がればミズモチさんともう少し話せるかもしれないので、レベルは上がってほしいです」

ご近所ダンジョンさん内でミズモチさんと話しながら過ごす日々は楽しいです。

ですが、やっぱりダンジョンで油断はいけませんね。

「グッ！　ツウ！」

突然、左肩へ激しい痛みが走りました。

「なっ、ナンジャコリャ！」

私の肩に矢が生えました。あっ、いえ、痛みでおかしくなっています。

矢が突き刺さって血が出ています。

察知さんには何も反応がなかったのに、突然反応が現れました。

二体の小鬼が現れたことを察知さんが知らせてくれます。

察知さん、今更遅いです。

「ミズモチさん！」

自分のことよりもミズモチさんの心配をしました。

私が攻撃を受けたことで、ミズモチさんはすぐに、敵への反撃に転じていました。

「ミズモチさん、助太刀します。《プッシュ》！」

ミズモチさんが二体の小鬼を相手にしているところに駆けつけて、弓を持つ小鬼を突き飛ばしました。

私の肩に矢を撃った小鬼は杖の一撃で簡単に倒すことが出来ました。

もう一匹もミズモチさんが難なく倒してくれます。

「ミズモチさん、先に動いてくれてありがとうございます」

《ミズモチさんはプルプルしています》

ミズモチさんから珍しく怒りと、私を心配するような気持ちが伝わってきます。

「心配してくれるのですか？　大丈夫ですよ。さすがに痛いですが、ここで抜くと血がドバドバ出て危ないので、家に帰りましょう」

《ミズモチさんはプルプルしています》

「えっ？　ドロップ？　弓と剣？」

ミズモチさんが、弓と剣、それと魔石が落ちていることを教えてくれました。

「いきなり現れて訳がわかりませんが、とりあえず臨時収入ゲットですね。あっ、レベルも上がったみたいです」

いつものレベルアップ音を聞いて、私はドロップアイテムを拾って家へと帰りました。

◇

家に辿《たど》りついた私は体調不良を感じます。

「おかしいですね」

ダンジョンを出た後ぐらいから気分がよくありません。

目がグルグル回り、気分が悪いです。

風邪をひいたのでしょうか？　ああ、矢も抜かなければいけません。

痛くて辛《つら》いです。

意識を保つことができなくなってしまい、スマホを手に取りました。

「だっ、誰かに」

救急車を呼びたくてスマホを操作したのですが、視界が霞《かす》んでよくわかりません。

「はい…………です」

「たっす……け……て」

それ以降、私は意識を失ってしまいました。

《ミズモチさんはプルプルしています》

ミズモチさんが心配してくれているのがわかります。

……

……………

……………………………「はっ！」

◇

私は玄関で意識を失っていたはずです。

「あっ、気付かれましたか？」

「えっ？」

部屋に女性の声がして、ビックリしてしまいました。

「驚かせてすみません。でも、結構危ない状態だったんですよ」

「えっ、えっ、あっ、あの～どうして水野《ミズノ》さんが家に？」

「やっぱり覚えてないんですね。私が冒険者ギルドでインフォメーションに座っていると、阿部さんから電話がかかってきたんですよ」

救急車に助けを求めようとして、冒険者ギルドに助けを求めていたようです。

「でも、私が来れてよかったです。阿部さんは毒に冒されていました」

「毒？」

「はい。魔ネズミの住処に行かれていたのですよね？　矢にでも撃たれたんじゃないですか？　魔ネズミの武器には彼らのフンなどで作った毒が塗られていることがあるんです」

そういえば、肩の矢が消えて傷もなくなっています。

「私の肩に刺さっていた矢は？」

「矢？　いえ、私が来たときには高熱を出して、苦しんでいる阿部さんが倒れているだけでしたよ」

倒れる前にミズモチさんが、心配して近づいてきてくれたのを覚えています。

「ミズモチさん、私の傷を治してくれたのですか？」

私はダンボールに入っているミズモチさんを見ました。

ミズモチさんは、いつもと変わらない様子でプルプルしていました。

「大丈夫なんですか？」

《ミズモチさんはプルプルしています》

「ホッ、大丈夫なんですね。よかった」

「スライムが助けてくれたのですか？」

「多分ですが、ミズモチさんが私の矢を抜いてくれたんだと思います」

あとは《自身の回復（極小）》が傷を治してくれたのかな？

でも、毒は治療できなくて倒れたのか。やっぱり冒険者って危険ですね。

「テイマーって色々と不思議な職業ですよね」

「えっ？」

「だって、どこから来たのかわからない魔物たちと心を通わすことが出来て、相棒として助け合える。素敵だと思いますが、不思議です」

今更気付きましたが、水野さんはいつもの冒険者ギルドの職員服ではなく。

至福、あっ、私服です。

なんと言うか若いのにしっかりしていると言うか、出来るお姉さん系です。

メガネがインテリ度をアップさせて、スゴく良いです。

「阿部さん」

「はい！」

えっ！　近い！　なっ、何をするんですか？

「うん、熱は下がりましたね」

冷やっとした手が私の額に当てられました。

手が小さくて良い匂いがします。

「あれ？　顔が赤いですが、まだしんどいですか？」

「あっいえ、大丈夫です」

私は赤くなって茹《ゆ》でタコ状態です。

水野さんは年下なのに、綺麗《きれい》なお姉さん感が強すぎて、緊張してしまいます。

「よろしい。ソロでダンジョンに行かれているんですから、毒や状態異常についての知識はこれから勉強してください。今回は私が救うことが出来ましたが、次も助けられるとは限らないんですからね」

「あっ、ありがとうございます。この度は命を助けていただき助かりました。どうぞ何でもおっしゃってください。お礼をしたいと思います」

土下座の姿勢で頭を下げました。

「そこまでしなくてもいいですよ。今回は貸し一としましょう。私は冒険者ギルドに勤めていますので、冒険者の方へのケアも仕事ですから。逆に私たち冒険者ギルドが困っているときは、助けてほしいときに声をかけさせてください」

水野さんはカッコいい女性です。

私に負い目を感じさせないで、自分が命を助けたことも恩着せがましく言いません。

「わかりました。なんでも言ってください。お手伝いさせていただきます」

「はい。本当に今回は危なかったんですからね。状態異常の講習を受けてくださいね」

「承知いたしました」

「よろしい。顔色も先ほどよりもよくなって、これだけ話ができれば十分です。一応消化の良い物がいいと思ったのでお粥《かゆ》を作っておきました。朝にでも食べてください」

朝にと言われて、私は初めて時計を見ました。

時計は十二時で針が止まっています。

「こっ、こんな時間まですいません。すぐにタクシーを呼びますので」

「電車もありませんね。そうですね、お願いします」

私は急いでタクシーを呼んで、住所を伝えました。

五分ほどでタクシーが来てくれたので、水野さんに一万円を渡します。

「こんなには……」

「いえ、おつりは要りません。お金でお礼は出来ませんが、どうかお納めください」

「わかりました。阿部さんの気が済むならそうしておきます。それではゆっくり休んでくださいね」

「ありがとうございました！」

私はタクシーが見えなくなるまでお見送りをしました。

部屋に戻ると、矢場沢さんとは違う女性の良い匂いがします。

矢場沢さんの時にも理性を失いかけましたが、水野さんまで家に来てくれてドキドキが止まりません。

女性のことを考えていては寝ることができないので、シャワーを浴びて寝ることにしました。あまり寝れなかった私は朝食に水野さんが作ってくれたお粥を食べます。

シンプルで優しい塩の味がして美味しかったです。

◇

会社では、昨日のこともあり、頭が朦朧《もうろう》としています。

お昼は矢場沢さんが昨日に続いてお弁当を作ってきてくれました。

もちろん、ありがたくいただきます。

さすがに毎日は悪いと思ったので、呆然《ぼうぜん》とする頭でとんでもないことを頼んでみることにしました。

「どうか、お昼を作っていただけるなら食費と手間賃を払わせてください。そして、独身男性である私に矢場沢さんが面倒になるまでお恵みをください」

お弁当を作ってもらうように、土下座でお願いしました。

はい。テンションがおかしかったと言わざるをえません。

これもきっと小鬼に襲われた時の毒のせいです。

元々、私の頭なんて軽いので、土下座など安いものです。

ただ、彼女でもない女性にお弁当を作ってほしいと言うのは図々《ずうずう》しいにも程があります。

ですが、矢場沢さんの料理は凄《すご》く美味しいのです。

一度食べると、また食べたくなってしまうのです。

その気持ちに抗うことはできません。

「えええ！　しっ、仕方ないですね。そこまで言うなら。では、月一万でどうですか？」

矢場沢さんは見た目のギャルメイクに反して、押しに弱いみたいです。

私のお願いを突っぱねるのではなく受け入れてくれました。

「えっ？　安すぎませんか？　手間賃が入っていないと思います。三万でお願いします」

「こういう場合は安い方が嬉《うれ》しいと思うんですが？」

困惑する矢場沢さんに私は誠意を見せたいのです。

「いえいえ、価値ある物にはお金を惜しまない。私の信念です」

「変な信念ですね。わかりました。では、二万で、私が作りたいときだけ作ってあげます」

「ヤッター！」

私は手作り弁当を作ってもらえる約束を取り付けました。
久しぶりに飛び上がって喜んでしまいます。
朝からテンションがおかしくなっていますね。
きっと、矢場沢さんに彼氏が出来てしまえば、終わってしまうのでしょう。
ですが、今だけでも仕事に行く楽しみが増えました。
「仕方ないですね。ふふ、なんだろう。嫌じゃないな」
矢場沢さんは何か呟《つぶや》いていました。

◇

さてさて、本日は昨日のこともあり、ダンジョンはお休みです。
ずっと気になっていたレベルアップを確認しましょう。
・レベル：三（スキルポイント三十）
スキルポイントのタッチすると項目が現れました。

・テイムした魔物の攻撃強化＋二
・テイムした魔物の防御強化＋二
・テイムした魔物の魔法強化＋二
・テイムした魔物の魔法防御強化＋二

・テイムした魔物の状態異常耐性強化＋二
・テイムした魔物の回復力強化＋二
・テイムした魔物の状態異常回復力強化＋二
・テイムした魔物の吸収力アップ
・毒耐性（小）
・精神耐性（小）
・発毛

もちろん、ミズモチさんが強くなる物は全て取りますよ。

今回は八項目あって、三ポイントずつ必要でした。

残り六ポイントで、《毒耐性（小）》、《精神耐性（小）》を取ります。

それぞれ三ポイントに対して、《発毛》……十ってすでに取れません。

発毛って、毛根が死んだということですか？　もう育毛は無理ってことですか？　発毛させるためにはミズモチさんを強化するよりも、自分を優先しないとダメと言うのですか？　ハァ～厳しいです。世界は世知辛いのですね。

ミズモチさんに強化を使ったので、《毒耐性（小）》と《精神耐性（小）》を取りました。

new《テイムした魔物の吸収力アップ》
・魔力を帯びた物を吸収する力が強くなる。（魔石、魔物、魔法、魔導具など）

魔力を吸収するのですね。

確かに、ミズモチさんが生きていくのに魔力がいるって言っていましたからね。

魔力はミズモチさんにとってのご飯のようなものなのかな？

昨日の矢も吸収してくれたのでしょうか？

new《毒耐性（小）》
・体に受けた弱い毒であれば、耐性を持つことができる。
今回は小鬼が放った矢を受けたことで毒の耐性を持つことができたようです。

抗体とかワクチン的な感じですかね？　風邪とかにも効果があると嬉しいです。

私、風邪引いたことほとんどありませんけど。

new《精神耐性（小）》
・心に受ける負荷に対して耐性を持つことができる。
あれですね。矢を肩に受けて戦っていたので、それに対して耐性を持つことが出来たということですかね。昔から痛みには鈍感なところがありました。

あの会社に二十年勤めた精神的苦痛で耐性を持てていそうです。

痛みに鈍感にならないとブラック商事の激務には耐えられませんからね。

これで毒やストレスにも強くなったのですね。

何気に健康体に向かっているのではないでしょうか？

ご近所ダンジョンさんに行くことで歩いたり運動もしています。

矢場沢さんのお陰で平日にはまともな食事も取れています。

お酒も週末だけの楽しみにしているので量が格段に減りました。

「どうでしょうか？　ミズモチさん。私、最近健康的に見えますか？」

《ミズモチさんはプルプルしながら、あなたへ話しかけています》

おや？　念話さんがバージョンアップしました。

やっぱりレベルが上がると、念話さんの能力も強くなるのでしょうか？　ということは、他のスキルもゲットして、レベルを上げれば強くなっていくということですね。

「私はどうもレベルが上がりにくいのか、なかなかレベルが上がりませんけどね」

《ミズモチさんはプルプルしながら、あなたへ話しかけています》

「おや、ガンバレと……。ふふ、ありがとうございます。ミズモチさんとの繋《つな》がりも強くなった気がしますね。そうでした。昨日は助けていただきありがとうございます。多分ですが、吸収で矢を抜いてくれたんですよね。ありがとうございます」

《ミズモチさんはプルプルしながら、あなたへ話しかけています》

「気にするなと言ってくれるのですか？　頼もしいですね。そういえば、弓と剣のドロップアイテムを持ち帰りました」

部屋の中に弓と剣が置かれています。

「これを売れば臨時収入が入りますので、今週は奮発してお礼をしますね」

《ミズモチさんはプルプルしながら、あなたへ話しかけています》
「喜んでくれるのですか？　ふふ、よかったです」
ミズモチさんは、撫《な》でろと言わんばかりに私の膝《ひざ》に乗ってきました。
喜んで撫でさせていただきます。プルプルとして触り心地が最高です。

幕間　礼儀正しい冒険者さん

《Side 水野結《ミズノユイ》》

大学時代にやりたいと思うこともなく就職先について悩んでいました。

そんな私に転機が訪れたのは、実家の近くで起こった、魔物がテリトリーを出て溢《あふ》れ出すダンジョンブレイクでした。大きな被害を出す災害です。

それを助けてくれたのは、冒険者の方々でした。

私自身も魔物に襲われて怖い思いをしましたが、冒険者の活躍を見た私は彼らのサポートがしたいと思い冒険者ギルドの受付に就職を決めました。

一年目は仕事を覚えるのが大変でした。

事務的な仕事が向いていたこともあり、すぐに仕事を覚えることはできました。ただ、冒険者の方々は戦うことに自信はあるようですが、人の話を聞いてくれない方が多いのです。

私は彼らに良かれと思って、様々な提案をしたり、サポートをしようと思っていましたが、新人冒険者には私の提案は費用的な負担が多く。

中堅冒険者には、一々言われなくてもわかっていると突っぱねられることが多くなりました。それでも言い続けていると、うるさい受付嬢として拒否されるようになってしまいました。

それに気づいたギルドマスターが、インフォメーションをしていた先輩が寿退職されることが決まったため、冒険者受付からインフォメーションへ異動するように命じました。

仕事といえば、初心者冒険者にギルド内の案内をすることです。

ほとんどの場合は面倒な冒険者さんから飲みや遊びの誘いがある程度で、仕事らしい仕事は講習の予約の電話を受けるぐらいです。

「すいません。新人冒険者の阿部《アベ》と申します。わからないことがあるのでお聞きしたいのですが、よろしいですか？」

そんな私に話しかけてきたのは、スキンヘッドの迫力ある男性でした。

内心では、またナンパかと思いましたが、口調が丁寧だったので、つい同じように返してしまいました。

「これはご丁寧にありがとうございます。私はインフォメーションの水野と申します。今日はどのようなご用件でしょうか？」

「実は、冒険者について詳しくないので、初心者講習会などがあればご紹介いただけないでしょうか？」

「かしこまりました。少々お待ちください」

私はインフォメーション本来の仕事に若干の戸惑いを感じながら、パソコンを操作して、初心者講習について調べました。

「初心者講習は、本日十一時と十四時に開催されます。受けられますか？」

「はい。よろしくお願いします」

「かしこまりました。それでは現在十時三十分ですので、十一時の部でお取りしますね。それでは開始十分前頃に、第一講習会場へ向かってください」

「水野さん。ありがとうございます！」

「仕事ですから」

気持ちを落ち着けるために、素っ気ない態度をとってしまいました。

それでも丁寧にお礼を述べてから去っていく阿部さんに、自分が情けなくて反省です。

◇

「水野さん、講習が終わりました。予約を取っていただきありがとうございます」

「阿部さん、お疲れ様です。仕事ですから」

どうしても阿部さんには素っ気ない態度をとってしまいます。

「冒険者になったばかりで、わからないことがあるので質問しても大丈夫ですか？」

「はい、何をお知りになりたいですか？」

「あっ、あの初心者でも倒せる魔物がいる場所はありますか？」

「ありますよ。それでは少し魔物のランクについてご説明しますね」

物腰の低い阿部さんに、私は淡々と魔物とランクについての説明をしました。

ほとんどの方が話の途中で面白くないと言って立ち去ります。

もういいと言って、話を最後まで聞いてくれない方が多いです。

「ご理解いただけましたか？」

「あっ、はい。ありがとうございます。ランクについて理解できました」

阿部さんは最後まで真剣な顔で聞いてくれて、本当に珍しい人です。

つい、冒険者の受付時代にしていた流れでダンジョンの紹介をしてしまいました。

インフォメーションの私でも紹介はできるのですが、本来は受付に回す仕事を、つい言いたくなりました。

「それでは魔ネズミの住処《すみか》に行くことにします」

「承知しました。同時に依頼を受けられると、報酬が出ますよ」

「依頼とはなんですか？」

もうここで話を止めてしまうのもおかしいので、私は依頼についての説明もすることにしました。

「何から何までありがとうございます」

最後まで真剣に私の話を聞いてくれて、お礼まで言ってくれました。

私はよく真面目すぎて面白くないと、同僚に言われます。

阿部さんの態度は、私にとって新鮮でした。

つい、私も話していて楽しくなっていました。

「仕事ですから。ただ、阿部さんはしっかりと聞いてくださるので説明もラクでした」

本当につい、笑顔になってしまいます。

それから阿部さんは冒険者ギルドに来るたびに挨拶《あいさつ》をしてくれて、つい阿部さんのお世話をしてしまうようになりました。

◇

そんなある日、夜勤の人と交代する時間に電話がなりました。

「はい。冒険者ギルド、インフォメーションの水野です」

「たっす……け……て」

「えっ？　どうしました？　あなたは誰ですか？」

何度呼びかけても反応がないのでヤバい状況なのかと心配になり、私は番号を調べました。

冒険者ギルドには冒険者であれば連絡が取れるように、電話番号を登録してもらっています。

調べればすぐに阿部さんの電話だとわかったので、今度は住所を調べました。

冒険者の方は亡くなることもあるので、ご家族へ連絡するために住所の閲覧が認められていることが助かりました。

私も慌てていたのだと思います。

夜勤の人と交代して、阿部さんの家へ向かいました。

家にいるのかどうかもわからないのに、後で考えるとバカなことをしましたね。

ですが、知っている人が助けを求めていると思って、冷静さを欠いていました。

阿部さんのお宅に辿《たど》りつくと玄関が少し開いていて、阿部さんの靴が見えました。

私が扉を開くと阿部さんが倒れています。

傷は無いので、病気かと思いました。

ですが、私は阿部さんの顔色を見て、講習で習った毒の症状に気付きました。

職員用に渡されているポーション（小）を阿部さんに飲ませます。

毒消しがあればもっと良かったのですが、大きな怪我《けが》をしていないので、ポーション（小）でも十分に毒を消してくれるはずです。

阿部さんの布団を敷いて、なんとか寝かせることが出来ました。

途中でスライムさんも一緒に引っ張ってくれたので、運ぶことが出来てよかったです。

阿部さんが目覚めたときに、お腹《なか》が空《す》くかもしれないと思って、簡単なお粥《かゆ》を作り終える頃には、阿部さんが目を覚ましました。

状況説明などを終えると、阿部さんは自分のことよりもスライムさんのことを心配して、本当に優しい人なんだと思います。

「阿部さん」

「はい！」

熱を測るために近づくと、不安そうな顔をする阿部さんがなんだか可愛《かわい》いのです。

世話のかかる人ですね。

「うん。熱は下がりましたね」

私が離れると阿部さんの顔が赤くなっていました。

熱は下がっていますが、まだ体調は本調子ではないのでしょう。

「あれ？　顔が赤いですが、まだしんどいですか？」

「あっいえ、大丈夫です」

「よろしい。ソロでダンジョンに行かれているんですから、毒や状態異常についての知識はこれから勉強してください。今回は私が救うことが出来ましたが、次も助けられるとは限らないんですからね」

「あっ、ありがとうございます。この度は命を助けていただき助かりました。どうぞ何でもおっしゃってください。お礼をしたいと思います」

土下座の姿勢で頭を下げなくてもいいのに、阿部さんの動きが面白くて、つい笑ってしまいそうになります。

「そこまでしなくてもいいですよ。今回は貸し一としましょう。私は冒険者ギルドに勤めていますので、冒険者の方へのケアも仕事ですから。逆に私たち冒険者ギルドが困っているときは、助けてほしいときに声をかけさせてください」

阿部さんに本当に頼み事をするかはわかりませんが、こういう言い方をした方が、阿部さんは納得してくれる気がしました。

「わかりました。なんでも言ってください。お手伝いさせていただきます」

「はい。本当に今回は危なかったんですからね。状態異常の講習を受けてくださいね」

「承知いたしました」

「よろしい。顔色も先ほどよりもよくなって、これだけ話ができれば十分です。一応消化の良い物がいいと思ったのでお粥を作っておきました。朝にでも食べてください」

その後は注意点を挙げて、タクシーで帰りました。

なんだかんだと阿部さんの世話をしてしまうのも、仕事ですから。

第八話　救出

最近の私が一番幸せを感じるのは、仕事を終えて帰ってきた時です。玄関を開けると物音に気付いたミズモチさんが、ダンボールからモゾモゾと出てきます。

「ミズモチさん。ただいま帰りました」

ミズモチさんは私の前まで来ると、ミョーンと効果音がするのではないかと思うほど伸びをします。関節はないはずなのに、お餅《もち》が伸ばされるように伸びております。

「ふふ、撫《な》でて欲しいのですか？」

私は伸びたミズモチさんの体を優しく撫でてあげます。ミズモチさんのボディはスベスベプルプルです。

撫でていると伸びていた体を丸めて、私の手に巻きつきました。

最初の頃は食べられてしまうのかなと驚いたこともありました。

ですが、消化をすることはなくて、手に巻き付いたまま……。

《ミズモチさんはプルプルしながら、あなたへ話しかけています》

ミズモチさんが、おかえりと言ってくれています。

誰かにおかえりと出迎えてもらうことが、こんなにも嬉《うれ》しいことなどと知りませんでした。それから体を水餅サイズへ凝縮して、私の掌《てのひら》に乗ってくれます。

手乗りミズモチさんです。

ミズモチさんをツンツンしながら、場所を移動してご飯の支度に取りかかります。

ミズモチさんは食いしん坊なので、いつも大量の食材を用意します。

私の給料だけでは全然足りませんが、冒険者をやり始めたことで、ミズモチさんのご飯分はなんとか賄える金額を稼ぐことが出来ています。

料理が完成するまでお待ちいただくので、ミズモチさんをテーブルにそっと置いて、すぐに食べられるベーコンの塊を数個にお皿に切り分けて、ミズモチさんの前に置いてあげます。

横にはミニボウルに入れた水も忘れません。

「ミズモチさん。まずはこれを食べておいてください」

《ミズモチさんはプルプルしながら、あなたへ話しかけています》

ベーコンの塊は、一つでは一瞬でなくなってしまうので数個に分けてあります。

水餅サイズのミズモチさんと、ベーコンの塊が同じサイズなので、一つを消化するのも時間がかかるようです。

待ち時間だと分かっているミズモチさんは、ゆっくりと味わっておられるのです。

その間に私はメイン料理を完成させて、テーブルへ並べていきます。

私、ミズモチさんが来てから料理上手になった気がします。

今のスーパーの品揃《しなぞろ》えが凄いだけですけどね。

様々な簡単調理レシピがネットを検索すれば出てくるので大助かりです。

何よりも冷凍食品が美味《おい》しすぎませんか？

温めるだけで美味しくなるものから、一手間かけるだけで抜群の美味しさになる物まで勢揃いです。

「ふぅ～、ミズモチさん、オヤツにしましょうか？」

食事を終えると物足りないミズモチさんにオヤツを提供です。

私は冷凍庫から、今川焼きを取り出してレンジでチンします。

「ミズモチさん、あんこたっぷりですよ」

《ミズモチさんはプルプルしながら、あなたへ話しかけています》

ふふ、ミズモチさんと暮らすようになって本当に楽しいですね。

あっ、そういえば最近は新しい遊びを二人でしているのです。

「ミズモチさん、遊びますか？」

《ミズモチさんはプルプルしながら、あなたへ話しかけています》

私はお風呂場《ふろば》から水鉄砲を持ってきました。

「行きますよ！　溢《こぼ》さないようにお願いします」

最初はお風呂場でしていた遊びだったのですが、百円均一で買ってきた水鉄砲をお風呂場で撃ったところ、ミズモチさんが水に反応して飛びつきました。

ミズモチさんが水を全てキャッチしてくれるのです。

それからは二人の遊びになりました。

「行きます！　えい！」

発射された水をミズモチさんがナイスプレーで飲み干していきます。

「エクセレントです。ミズモチさん！」

《ミズモチさんはプルプルしながら、あなたへ話しかけています》

「次は連続発射です！」

私は二連続で発射すると、ミズモチさんは体を大きくして、床に溢すことなくキャッチしてしまいました。

「うわ〜、そんな方法があったのですね。凄いです」

私が拍手を送ると、ミズモチさんは大きいまま近づいてきて私の膝《ひざ》に乗ろうとします。

「ミズモチさん、サイズサイズ」

声をかけると子犬ぐらいのサイズになって膝に乗りました。

「ふふ、今日もミズモチさんに癒やされますね。お風呂に入りますが、一緒に入りますか？」

《ミズモチさんはプルプルしながら、あなたへ話しかけています》

「あっ、お湯は飲んではいけませんよ。プカプカ浮くだけです」

《ミズモチさんはプルプルしながら、あなたへ話しかけています》

「それでは行きましょう」

ミズモチさんの体を洗ってあげて、シャワーで自分の体を洗い流してから、二人で湯船に浸《つ》かります。

漂うミズモチさんを見ながら、本日の疲れを癒やすのです。

それが私のルーティーンになりつつあります。

「ミズモチさん、電気を消しますよ」

布団の中へ入ってきて、私の枕元で一緒に寝てくれるミズモチさんは、私が寝てしまうとダンボールに戻っていくようです。

ミズモチさんとの生活は……、私の生きる活力ですね。

◇

ミズモチさんと生活することは楽しいのですが、ご近所ダンジョンさんに出現する小鬼から毒を受けてしまったことで、私はご近所ダンジョンさんに行くことが怖くなってしまいました。

今回は偶然ですが、冒険者ギルドへ連絡したおかげで、水野《ミズノ》さんが助けてくれました。

次も運よく、助かるとは限りません。

そこで、しばらくは低級ランクの魔ネズミの住処《すみか》でミズモチさんと二人で修行をすることにしました。水野さんに紹介されてから、複数回。

週末には魔ネズミの住処に行くようにしているので戦闘には大分慣れてきています。

魔ネズミの住処は、山全体がテリトリーになっています。

頂上付近にある洞窟《どうくつ》が、魔ネズミの住処なのですが、そこに近づくほど魔ネズミの強さも上がっていきます。

魔ネズミの強さを見定めて、段階を踏んで経験を積むことができます。

初心者にとっては、経験とレベルを上げられるので、堅実に冒険者の経験を積むために最適な場所であると認識しました。

魔ネズミの住処は、ご近所ダンジョンさんとは違って、山に入る前から魔ネズミの姿を見かけます。危険なので、近くの住民が引っ越しされてしまうのも納得ですね。

「ミズモチさん。いよいよ戦闘開始です。準備はいいですか？」

《ミズモチさんはプルプルしながら、あなたへ話しかけています》

「ミズモチさんはやる気満々ですね。それでは外側にいる魔ネズミたちから倒していきましょう。見えている範囲の魔ネズミは見張りなので弱いですからね」

魔ネズミの住処では、察知さんが大活躍です。

テリトリー内に入ると、魔ネズミのいる位置と数がなんとなく分かるんです。

正面に十匹、右に二匹、左に一匹といった感じです。

どの方向に魔ネズミが何匹いるのか、察知してくれるのです。

「ミズモチさん、左から来ます。そこです」

不意をついて、ミズモチさんが襲いかかります。

レベルが三になってスキル強化したからでしょうか？　ミズモチさんの体当たりの威力がアップしている気がします。一撃で魔ネズミを撃破してしまいました。

「おお！　ミズモチさん！　強いですね」

《ミズモチさんはプルプルしながら、あなたへ話しかけています》

「次に行きましょう」

次は右の魔ネズミが二匹います。

ミズモチさんに一匹を任せて、私はアクティブスキルを使ってみることにしました。

「《フック》」

技名を言いながら、魔ネズミの首に杖《つえ》を引っかけて倒します。

レベルが上がって私も強くなっているのかもしれません。

小鬼よりも、魔ネズミを簡単に倒せてしまいました。

「二匹を相手にしても問題なかったですね」

ミズモチさんは出会い頭の体当たりで倒してしまいました。

「正面の十匹はちょっと大変そうなので、数が少ないのを探しましょうね」

《ミズモチさんはプルプルしながら、あなたへ話しかけています》

プルプルしながら、魔ネズミとの戦闘を楽しんでいる雰囲気が伝わってきます。

戦闘を楽しむミズモチさんは、勇敢なのに可愛《かわい》いです。

「キャー！」

なっ、なんですか？　悲鳴ですよね？　魔ネズミに襲われているのでしょうか？

「ミズモチさん」

私はミズモチさんを抱き上げて、急いで悲鳴が聞こえた方向へ走りました。

察知さんが、この先に魔ネズミが十匹いることを教えてくれています。

「うわっ！」

魔ネズミに囲まれるようにして、三人の若者がいました。

男の子は、魔ネズミに襲われたのか、頭から血を流してフンまみれで倒れています。

二人の女の子は、それぞれ魔ネズミに組み伏せられていました。

厳しい状況ですが、私しか彼らを助けられないのです。

ここで男を見せなくて、いつ戦うというのですか！

「ミズモチさん行きますよ」

プルプルと震えるミズモチさんを、女の子が組み伏せられている方角へ投げました。

少しでも早く助けるための配慮です。

決して、見ることが出来ないわけではありません。

私は四十歳ですが、女性経験がないなんて、恥ずかしくて言えませんから……。

もう一人の女の子を助けます。

群がっていた魔ネズミ三匹をミズモチさんと一緒に倒します。

レベルが上がっていてよかったです。二人の救出に成功しました。

冒険者風の装いをしているので同業者ですね。

ジロジロと見ている時間はありません。

私は残った七匹を視界に入れました。

ミズモチさんは二匹を倒した勢いのまま、もう一匹の魔ネズミと戦っています。

さすがはミズモチさん、動きが速いです。

「しっかりしなさい！　あなた方も冒険者でしょ！」

泣き崩れる女の子を叱責すると、二人は涙を見せながらも、私の声に反応しました。

「泣いていて、命が助かりますか？　目の前には敵がいるんです。あの男の子を助けたくはないのですか？」

私の声で、二人は顔を見合わせました。

「魔ネズミは、私とミズモチさんが引き受けます。あなたたちは男の子を助けなさい」

恐怖を感じているかもしれません。

ですが、今は彼女たちが動かなければ男の子を助ける余裕がないのです。

戦闘に不慣れな私です。

ミズモチさんよりも数が多い魔ネズミを相手にするためにも、彼女たちが頼りです。

「わっ、わかりました。サエちゃん」

「うっ、うん。シズカ」

気弱そうに見えた子の方が先に反応して、気の強そうに見えていた女の子が引っ張っていかれました。二人とも、とても素敵な女の子ですね。男の子が羨《うらや》ましいです。

「ミズモチさん！」

私が呼ぶと、ミズモチさんは三匹目の魔ネズミを倒し終えていました。

これで残りは六匹、なんとか残りを男の子から引き離さなければなりません。

「一緒に戦ってくれますか？」

《ミズモチさんはプルプルしながら、あなたへ話しかけています》

心強いので、こんな時だからなのか気を抜くことができましたよ。

「それでは行きます。《プッシュ》！」

私は一匹の魔ネズミを押し込み、背中をミズモチさんに守ってもらいます。

ミズモチさんがいれば何も怖くはありませんね。

『ジュジュッ！』

最後の一匹を倒したところで、十四の魔ネズミが全て魔石に変わりました。

「ミズモチさん、ありがとうございます」

私は倒した魔ネズミの魔石を拾って、彼らの下へ戻りました。

「大丈夫ですか？」

二人は身を寄せ合って警戒している様子でした。

私は少しだけ距離をとったまま、問いかけました。

「助けていただきありがとうございます」

仲間を守る白魔道士風の女性が湊静香《ミナトシズカ》さん。

涙を流している黒魔道士風の女性が、鴻上冴《コウガミサエ》さん。

倒れている男の子は戦士の格好をしていて、高良勇気《タカラユウキ》君というそうです。

三人は幼馴染《おさななじ》みで、高校を卒業して冒険者の登録をしたばかりの新人さんです。

高良君と鴻上さんは専属冒険者を目指していて、湊さんは幼馴染みである二人が心配で、手伝いをしていることを自己紹介として教えてくれました。

「ここにいては、魔ネズミが来てしまうので、近くの病院まで送ります」

高良君は頭を殴られてはいますが、出血箇所を見ても、それほど深い傷ではありません。

頭に衝撃を受けたことで意識を失っただけのようです。

ただ、頭を殴られている以上は検査をした方がいいでしょう。

そのため、病院へ連れていくことを伝えました。

二人は、私の意向に従ってくれたので、素直についてきます。

高良くんを背負ってから少しだけ後悔しました。

ヒドイ臭いがします。魔ネズミたちの糞尿《ふんにょう》臭がして、毒の心配もしなければいけません。

着ている作業着は捨てるしかありませんね。

湊さんと鴻上さんに体調の変化を問いかけますが、二人は大丈夫だったようです。

毒の恐怖を体験している私は、二人に何もなくて良かったと思えました。

魔ネズミから与えられたのはクサイ臭いだけです。

ですが二人が横に並んで、話をしていても不快な気分になりませんでした。

「何から何までありがとうございます」

近くの病院まで送り届けると、湊さんから改めてお礼を言われました。

「いえいえ、困ったときはお互い様ですよ」

高校を卒業したばかりの三人の若者を助けられたことは大人として嬉《うれ》しいです。

「阿部《アベ》さんは一人で冒険者をしているのに強いんですね」

「一人ではありませんよ。私にはミズモチさんがいますから」

私の横でプルプルしています。

「ふふ、ミズモチさんもありがとうございます」

湊さんは良い子ですね。

ミズモチさんが魔物であっても、お礼を言いました。

《ミズモチさんはプルプルしながら、あなたへ話しかけています》

「ミズモチさんが気にしなくていいと言っていますよ」

「お話が出来るんですか？」

「ビーストテイマーですので」

「いいなぁ〜、私も動物や魔物とお話がしたいです」

若く可愛い湊さんにチヤホヤしてもらい、オジサンの気持ちもウキウキです。

「ビーストテイマーは冒険者としてオススメしませんが、老後にのんびりとスローライフを送るならいいですよ」

「ふふ、老後までは冒険者はしないと思います。今は二人が心配で手伝っていますが、いつかは二人と離れて看護の仕事に就きたいんです。でも、そんな機会が来たら転職を考えてみますね」

湊さんには改めてお礼をしたいと言われてＭＡＩＮの交換をしました。

ドキドキした冒険者ライフですが、私が人助けをするなど考えてもいませんでした。

ミズモチさんと出会ってから本当に景色が変わってきましたね。

◇

私に新たなＭＡＩＮ友達が出来ました。

スマホの電話帳に、若い女性の名前が記載されます。

両親と会社の同僚が数名だけで、後は地元の男友人だけ。

これがプライベートなのかわかりませんが、プライベートの知り合いが増えました。

新たなＭＡＩＮ友達は、魔ネズミから助けた湊さんです。

何かとＭＡＩＮをしてきてくれます。

始まりは、高良君が目覚めたことを知らせるメッセージからでした。

《湊》『この間は、助けていただきありがとうございました。サエちゃんも、ユウ君も元気を取り戻しました』

どうやら毒に冒されることなく、無事に回復できたようです。

《阿部》『三人とも無事でよかったです』

《湊》『本当にありがとうございます。お礼をしたいと思いますので、またご連絡させてください』

《阿部》『気にしなくてもいいですよ。同じ冒険者なので、私が困ったときは助けてください』

《湊》『必ずお助けします！　それでは何かあれば連絡しますね』

といった感じのやりとりをスタートさせてから、何気ない冒険者情報や冒険者ギルドの噂《うわさ》などを湊さんが私に送ってくれるようになりました。

私がボッチ冒険者ということは告げているので、色々と情報を教えようとしてくれているのでしょう。

湊さんは私のようなオジサンにも気を遣える良い子です。

こういう縁は大切にしたいですね。あっ、恋愛とかではありませんよ。

姪《めい》っ子《こ》が可愛い的なあれです。私に本物の姪っ子はいません。

兄弟もいない一人っ子なので、姪っ子の可愛さを知ることもありません。

ですから、いたらいいなぁ～と妄想を膨らませております。

◇

「阿部さん」

「あっ、はい。矢場沢《ヤバサワ》さんどうしました？」

また矢場沢さんの前で、考え事をしてしまいました。

「また、ミズモチさんのことを考えていたんですか？」

「あっ、いえ、最近冒険者仲間が出来まして、その方のことを考えていました」

いつものお昼時に湊さんのメッセージが届いたので、思い出して考えてしまいました。

せっかく矢場沢さんの厚意で、一緒にお昼を食べてくれているのに、これでは前に戻ってキモいオジサン認定を受けてしまいますね。

「女性の方ですか？」

「えっ？」

どうしてわかったんでしょうか？　意外な質問に驚いてしまいました。

「あっいえ、なんだか楽しそうだったので」

「あ〜、え〜と、はい。女性の方です。この間、冒険者の仕事をしているときに助ける機会がありまして」

私は魔ネズミの住処で起きたことを矢場沢さんに話しました。

真剣な顔で聞いてくれた矢場沢さんは、危ないシーンに顔をしかめていました。

やっぱり荒事の話は、女性にするものではありませんね。

「阿部さんが無事でよかったです。それでＭＡＩＮを交換したんですね」

「はい。若いのに良く出来た子なんです」

「なるほど、何気ないメッセージを送れば」

「どうかしましたか？」

「いえ、なんでもありません」

何やら、矢場沢さんがニコニコとして、自分の席に戻っていきました。

ミズモチさんのお陰なのでしょうか？　四十歳になってから、年下女子からＭＡＩＮ交換をしてもらえる日が来るなんて、良いことって続くのですね。

ご近所ダンジョンさんに行かなくても、週末はミズモチさんと魔ネズミの住処に行くことでなんとか魔力を吸収できそうです。

第九話　防具を買いましょう

ご近所ダンジョンさんでドロップした弓と剣を持ち込みました。

「水野《ミズノ》さん、こんにちは」

「阿部《アベ》さん、顔色が大分よくなりましたね」

「はい。その節はありがとうございました。良ければ、これを皆さんで食べてください」

私は都内でも有名なクリームパンを持参してきました。

このクリームパンが私大好きなんです。

「もう、気にしないでくださいって言っているのに、お礼はこれで最後ですよ。私も頼みにくくなってしまうので」

「はい。でも、頼み事があれば言ってくださいね。必ずお礼はしますので」

「ありがとうございます。あっ、そういえば本日は状態異常攻撃と耐性の講義があるので受けられますか？」

私が助けられた時に水野さんが教えてくれていた初心者講習です。

知識がなくて困るのは私なので、無知でいるわけにはいきませんね。

「お願いします」

「それでは十一時ですので、ご予約お取りしておきますね」

「はい。ありがとうございます。それでは行ってまいります」

「お気を付けて」

水野さんに状態異常攻撃と耐性の講義を予約してもらったので、あと三十分程の時間があります。今のうちに買取り所のカリンさんのところへ行っておきましょう。

「うん。小鬼の弓（状態：不良）、小鬼の剣（状態：不良）だね。どっちも魔力が高いけど、まぁいいか。弓は矢がないから五万だね。剣は需要が多いから、二十万だよ」

えっ？　えええええ！　二十五万！　私の手取り月給よりも多いです。

私の手取り二十三万なんですけど……。

「驚いているところ悪いね。魔力量が多いから、普通の小鬼の弓（状態：不良）は二万円〜三万、小鬼の剣（状態：不良）は十万くらいしか価値ないから、今回は特別だと思うよ」

思った以上の高額がついて驚いてしまいました。

普段の倍の価格だと説明してくれるカリンさんは丁寧ですね。

「それで、今日も何か買うの？」

「それが、私この間怪我《けが》をしてしまいまして、軽くて普段着れるような防具はないですか？」

「う〜ん、防御力にもよるけど、心臓とか急所だけを守るなら胸当てかな？　足ならブーツを履いた方が早い」

そう言って見繕ってもらったのは、革シリーズと呼ばれる防具たちでした。

革のジャケット、革の胸当て、革のガントレット、革のパンツ、革のブーツ。他の鉄シリーズよりは軽いそうです。

「う～ん、それぞれのお値段を聞いても？」

「革のジャケット十五万、革の胸当て十万、革のガントレット六万、革のパンツは十二万、革のブーツは十万だね」

どれも高いです。

革シリーズといっても魔力を帯びていて、頑丈さと魔法に対しての防御力が高いそうです。

「冬用に革のジャンパー五十万とか、全身のライダスーツバージョン百万もあるよ」

革って凄《すご》いですね。

「中級ダンジョンの魔物から取れる皮を加工する鍛冶《かじ》師がいるからね。色々なバージョンをオーダーメイドで作れるよ」

絶対高いやつです。

カリンさんの目が¥マークになってます。

「革の胸当てをください」

「まいど、十万です。ポイントでオマケしとくね」

「ありがとうございます」

ここにいては何か買わされてしまいます。

私は逃げるように立ち去りました。

いつの間にか講習の時間になっていたこともあり、状態異常について講義を受けました。

状態異常攻撃の種類は七種類以上あり。

・毒　・麻痺《まひ》　・石化　・睡眠　・魅了　・幻覚　・恐怖

などが主流で確認されていて、他にも特殊な状態異常があるそうです。

出会った魔物によって使ってくる状態異常攻撃が違うので、耐性についての勉強も必要ですが、魔物についての知識も必要になります。

状態異常攻撃を使ってくる魔物をいくつか例として挙げていましたが、どの状態異常効果もスライムさんの進化系に存在するので、ミズモチさんもいつか使えるようになるのでしょうか？

《ミズモチさんはプルプルしながら、あなたへ話しかけています》

「ええ、そうですね。いつかレベルが上がれば、ミズモチさんも進化するんですね」

私、某モンスターゲームが大好きだったので、進化は胸熱展開です。

ただ、あのアニメの主人公さんが卒業されるそうです。

二十六年近く頑張っておられたので、寂しいですね。お疲れ様でした。

「あれ？　阿部さん、今日はいらしていたんですね」

私が講習を終えて、冒険者ギルドを歩いていると、湊《ミナト》さんに出会いました。

湊さんとは縁があるのか、良く遭遇しますね。

「こんにちは、湊さん。私は耐性についての講習を受けてきました」

「ああ、新人が受ける講習ですね。私も受けたことありますよ」

「講習って受けないと、冒険者知識が無さすぎて色々大変ですね」

「本当に大変ですね。あっ、阿部さんはお昼はもう食べました？」

「いえ、今講習が終わったばかりですので」

「なら、一緒に食べませんか？」

「えっ？　パーティーメンバーは良いんですか？」

「ええ。今日は、私しか来てないので」

ちょっと疲れたような顔をする湊さん、色々とあるのでしょうね。

社会人をしていれば、苦労している人の顔ってなんとなくわかってしまいますね。

「湊さん、臨時収入が入ったので、今日は私が奢《おご》ります」

「えっ？　そんなの悪いです」

「いえいえ、実はドロップ品がありまして」

「えっ！　私たちダンジョンに行っているのに、まだ魔石しか見たことないです」

湊さんは冒険者業の厳しさを味わっておられるのでしょうね。

「阿部さん運がいいんですね」

私のドロップ品は全て、ご近所ダンジョンさんの物ですが、ご近所ダンジョンさんは小鬼の魔物が毎回いる訳ではないので、教えても確実とは言えません。

「そうなのかもしれません。ですから、奢らせてください」

「ふふ、それではご相伴にあずかります。えっと、食べたい物があるんですがいいですか？」

「なんでも、ドンとこいです」

私は湊さんに連れていってもらい、アメリカンの雰囲気が漂うお店にやってきました。

「ここのビッグバーガーが大好きなんです」

ビーフ百パーのハンバーグにドデカいバンズ、レタスにトマトというシンプルなハンバーガーがとりあえず大きく、ソースが美味《おい》しかったです。

「ミズモチさんも食べますか？」

《ミズモチさんはプルプルしながら、あなたへ話しかけています》

「えっ？　三つ食べたい。はは、いいですよ」

「あっ、あのっ、阿部さん」

「はい。なんですか？」

「ミズモチさんは、普通の食事ができるんですか？」

「はい。大丈夫ですよ。ミズモチさんは嫌いな物はありませんよ。熱いのは体が熱くなってしまうみたいですが」

「へぇ、不思議ですね」

湊さんとミズモチさんと一緒に巨大ハンバーガーを堪能しました。

私は一つを食べきれませんでした。

残ったのはミズモチさんが食べてくれましたが、湊さんは一人で食べきっていました。

さすがの若さですね。羨《うらや》ましいです。

湊さんと巨大ハンバーガーを食べ終え、口直しのコーヒーを楽しんでおります。

目の前では、パンケーキに生クリームを付けている湊さんがおられ、先ほどあれほど大きなハンバーガーを食べたのに、甘い物は別腹ということです。凄い食欲ですね。

「ご馳走様《ちそうさま》でした」

三枚のフワフワパンケーキを食べ終え、湊さんは満足そうな顔をしておられます。

「こんなに食べたのは高校生の時以来です。明日は絶対ダイエットしなきゃ」

まぁ、あれだけ食べましたからね。

その辺の管理をしっかりしていて凄いと思います。

「阿部さん」

「あっ、はい」

「お願いがあるんですが、いいですか？」

えっ？　まだ食べるんですか？　ハンバーガーもパンケーキも安いので問題ありませんが、まだ食べれるんですか？　フードファイターなのでしょうか？

「なんでしょうか？」

「臨時でいいので、うちのパーティーと行動を共にしてくれませんか？」

「えっ？　臨時パーティーですか？」

「はい。うちって、ソードマンのユウ君と、マジシャンのサエちゃん、プリーストの私で三人組なんです。だけど、前衛がユウ君しかいないんです。今は私もバットで戦っているんですが、三人ではなかなか厳しくて」

事情はわかりますが、どうして私なのでしょうか？

「確かに前衛は出来ると思いますが、私は強くはありませんよ？」

「いえいえ、この間助けてもらったときに見させてもらった戦いは凄かったです。それに阿部さんは年上だし、見た目もワイルドだから、ユウ君も言うことを聞いてくれそうな気がするんです」

スキンヘッドですもんね。これって剃《そ》ってるんです。ハゲではないですよ。

「阿部さんがどのように冒険をするのか見せてもらうだけでもいいのです。私を助けると思って」

人に頼られると、断るのが苦手なのです。

しかも、可愛《かわい》い年下の女子にお願いされると、断れませんよね。

「わかりました。何が出来るのかわかりませんが、ご協力させていただきます。ただ、臨時パーティーという形ではなく、湊さんのパーティーへ同行するという形でお願いします」

私の提案が理解できなかったのか、湊さんが可愛い顔を傾《かし》げて、何故《なぜ》？　という顔をしています。

「どうしてですか？」

「配分の加減です。揉《も》め事ってだいたいが、アイテムやお金に関することになってしまうと思うんです。ですから、私は同行者として、アイテムは倒したパーティーの皆さんで分けてください」

「えっ、それは悪いですよ。同行してもらっているのに」

「もちろん、皆さんがピンチのときは助けます。それに私とミズモチさんが倒して得たドロップに関してはこちらがいただきます」

私の提案に湊さんは考える素振りをしました。

臨時パーティーとして、均等に分けた方がいいと思うかもしれません。

ですが、どれだけの力量の相手なのかわからず、どちらかがお荷物になってしまったときに、不協和音を生み出す恐れがあります。最初から別々にしておいた方が揉める原因を作らなくて、私としては安心です。

「わかりました。それでは、それでお願いします」

「はい。でしたら、来週末にでも」

「よろしくお願いします」

湊さんのパーティーに同行する約束をして、私たちは別れました。

誰かと約束するっていいものですね。

「ミズモチさん、来週の予行練習に魔ネズミの住処《すみか》に行きたいのですが、いいですか？」

《ミズモチさんはプルプルしながら、あなたへ話しかけています》

「ありがとうございます。ミズモチさんがいるだけで安心できます」

ミズモチさんの許可をいただいたので、スーパーカブに乗り込んで、私は魔ネズミの住処へやってきました。本日は購入したばかりの革の胸当てと黒杖《こくじょう》さんを装備しています。

「私も、ストレス発散と行きますか。最近、嬉《うれ》しいこともありましたが、その分仕事量が地獄なのです。魔ネズミには悪いですが、今日は少し頑張りますよ」

察知さんが教えてくれます。右に二匹、左に一匹、中央に六匹。

「ミズモチさん、私たちが向かうのは決まっていますよね」

《ミズモチさんはプルプルしながら、あなたへ話しかけています》

「ええ。中央に行きましょう」

ミズモチさんから戦いたいという意志が伝わってきます。

今でも、戦いに赴く際は手が震えます。

ミズモチさんがいなければ絶対にこんなところに来たくありません。

「強くなることで誰かに頼られることも、ミズモチさんとお話できることも楽しいです。ですから、レベルを上げましょうね」

六匹の魔ネズミにミズモチさんが突撃を仕掛けます。

レベル三になってスキル強化したミズモチさんは六匹の魔ネズミを相手にしても、問題ありません。

「むしろ、圧倒しておりますね。私も負けてはおられませんね。《プッシュ》、《ダウン》」

ミズモチさんが転がした魔ネズミにトドメとして《ダウン》を使います。

二人の連携も随分と安定してきました。

ミズモチさんは体当たりして魔ネズミを転がらせ、私は魔ネズミにトドメをさします。その間に

ミズモチさんは次の魔ネズミへ、縦横無尽の活躍をしておられます。

「六匹でも、二人なら対応出来るようになりましたね」

《ミズモチさんはプルプルしながら、あなたへ話しかけています》

「ふふ、そうですね。ミズモチさんに頼らせていただきます」

魔ネズミの住処になっている洞窟《どうくつ》は頂上付近にあります。

頂上付近に近づけば近づくほど、魔ネズミの数が増えて、強さも増していきます。

《ミズモチさんはプルプルしながら、あなたへ話しかけています》

ミズモチさんから、今日は行けるところまで行ってみたいという意思が伝わってきます。

察知さんに引っかかる魔ネズミを遭遇次第倒しながら山登りをしていきます。

レベルは上がりません。ハイキングをしているようで楽しめる余裕があります。

《精神耐性（小）》を獲得したからですかね？　恐怖耐性とかにもなってくれているのかな？　リュックの中がミズモチさんが入れないほど魔石でいっぱいになってしまいました。

「もうすぐ頂上ですが、一通り山は歩き回れましたね。事前調査はこれぐらいで大丈夫でしょう」

《ミズモチさんはプルプルしながら、あなたへ話しかけています》

「ええ。荷物も重くなってきました。今日は美味しい物を買って帰りましょうね」

少しだけ、魔ネズミの住処がある洞窟を見たくて、岩陰から覗《のぞ》き込むと、子供くらいの大きさだった魔ネズミではなく、普通の人よりも大きな魔ネズミが洞窟の門番のようにして立っていました。

「うわっ、私よりも大きい魔ネズミがいますよ」

二メートルはありそうな巨大なネズミはムキムキな体をしていて、警戒するように辺りに視線を向けています。

「あれはヤバいですね。凄《すご》く強そうです。あれには近づかないようにしましょう」

私は確認を終えて、スーパーカブさんの下に戻りました。

冒険者ギルドで魔石を交換したら、一万円になったので、本日も美味しいお肉を買って帰ることにしました。

◇

自宅のテレビを付けると、サッカーワールドカップの試合がやっていました。

それを見ながら、ミズモチさんとキムチ鍋《なべ》をつつきます。

世界戦って普段はサッカーを観《み》ていない、にわかファンの私でも楽しくワクワクしてしまいますね。本日は豚肉マシマシキムチ鍋です。

有名メーカーさんのお鍋の素《もと》を使用しました。

料理が得意ではない私でも、お鍋の素さんがあれば簡単に美味しいお鍋ができてしまうので最高ですね。

ミズモチさんが熱々にならないように、冷ましながら豚肉を中心に差し出します。

某掃除機ばりの吸引力にどんどん肉やら野菜やら菜箸《さいばし》まで食べてしまいます。

「ミズモチさん菜箸は食べてはいけません！」

《ミズモチさんはプルプルしながら、あなたへ話しかけています》

「謝ってくださるのは嬉しいのですが、変な物は食べてはダメですよ」

菜箸は綺麗《きれい》に消化されてしまったので、明日の帰りに買ってこなくてはいけませんね。

週末のビールとキムチ鍋は最高です。

ミズモチさんと過ごす休みはやっぱり一番ですね。

湊さんのパーティーに参加する約束をした来週末に向けて、私なりに自分という冒険者を見直そうと思います。

そのため、怖かったご近所ダンジョンさんへ再チャレンジすることにしました。

水野さんに助けてもらった日から、入口だけは見に行っていました。

ですが、中には入っていませんでした。

もしかしたら、ご近所ダンジョンさんは、私とミズモチさんしか来ず、私たちにも来て欲しくないので威嚇をしていたのかもしれません。

そう思ったのは、この間現れた小鬼二体の件があったからです。

彼らは察知さんに引っかかることなく、突然現れて私を攻撃しました。

ですが、魔ネズミの住処に行くと分かるのですが、察知さんはかなり万能です。

どこにいるのかまでは分からなくても、どっちに何匹いるのかは分かってしまうのです。

察知さんが発動しなかったのは、ご近所ダンジョンさんで出現したあのときだけです。

「警戒をしながら、ダンジョン探索をしましょう」

察知さんに頼るだけでなく、自分でも警戒して進んでいきます。

結局、奥に辿《たど》りついても、小鬼はいませんでした。

何度か往復をしましたが、一週間が経っても小鬼が現れることなく、ご近所ダンジョンさんでの捜索を終えてしまいました。

「ふむ。一度水野さんにこのダンジョンについて聞いてみた方がいいかもしれませんね」

◇

週末の土曜日、私は湊さんたちとの待ち合わせ前に、水野さんの下へやってきました。

「水野さん、少し大丈夫ですか？」

「はい。阿部さん。どうしました？　なんでも聞いてください。仕事ですから」

「実は、うちの近所に洞窟形式のダンジョンがあるんです。一応初心者ダンジョンのガイドに載っていたところなんですが」

「初心者ガイドに載っていた洞窟ダンジョンですか？」

私は受付さんからもらった冊子を手渡してご近所ダンジョンさんを指さしました。

「これなんですが」

「ああ。A級ランクの」

「えええ！　そんなに高ランクのダンジョンだったんですか？」

「はい。ただ、ボスしか確認されていませんので、近づいても、ボス部屋に入らなければ問題ありませんよ」

Aランクと聞いて、現れる小鬼が急に怖くなりました。

よく私で倒すことができましたね。ミズモチさんのおかげです。

最初に出くわした小鬼が一番強かったようにも思えます。

ですが、Aランク認定されているということは、ボスは相当強いということでしょうか？

「あ、そういえば阿部さんにお願いしたいことが出来たんです」

聞き逃してしまいましたね。

「それは例のお礼ということですか？」

「はい。貸し一です」

「喜んでお受けしますよ。それで？　何をしたらいいのでしょうか？」

「阿部さんは、魔ネズミの住処に探索に行かれていますよね？」

「ええ、週末はだいたい向かっています」

「ですよね。毎回、無事に帰ってきているんですよね。だから、大丈夫だと思うのですが、最近魔ネズミの住処で行方不明者が出ているのをご存じですか？」

えっ？　行方不明？　初耳ですけど。

怖っ！　怖すぎませんか？　大丈夫なんですかそれ。

「危なくない範囲で構いませんので、気にする程度で調べてはくれませんか？」

行方不明者の捜索依頼ということでしょうか？　これはまた重大な依頼をされましたね。

私のような者で大丈夫なのでしょうか？

水野さんへのお礼になるのであれば引き受けます。

「心配しないでくださいね。高ランクの方にも依頼していますので、阿部さん個人に強制するものではありません。ですから、魔ネズミの住処に行かれた際に気にしてくだされば良いという程度です」

なるほど、私以外にも高ランクの方が受けられているなら、それほど捜索に本腰を入れる必要はありませんよね？　湊さんたちとの同行に合わせて、気になることはないか、ついで程度なら調査出来そうです。

「わかりました。今日も、この後から魔ネズミの住処に行くので気にしてみます」

「はい。気にするぐらいで十分です。決して、危ないことをしてはいけませんよ。危険だと思ったら逃げることも大切です」

「はい。ご心配ありがとうございます」

本当に水野さんは受付の鑑《かがみ》ですね。

お世話をしてくれる水野さんに感謝しかありません。

湊さんたちと待ち合わせをした場所の近くに、スーパーカブさんを停車させました。

ここから歩いて待ち合わせ場所に行くのですが、本日は他の人と一緒に冒険ができるので、少しばかり緊張とワクワクしております。

私、ミズモチさん以外と冒険したことありません。

それに今まで考えないようにしていましたが、私初めての人に話しかけるのが苦手なんです。

矢場沢《ヤバサワ》さんは向こうから話しかけてくれるので、なんとか話せています。

水野さんはお仕事として話してくれることがわかっているので、こちらから話しかけることが出来ます。

湊さんはＭＡＩＮか、向こうから挨拶《あいさつ》してくれるので話が出来ます。

ですが、私の方から話しかけるって本当に苦手です。

相手がお仕事だから話してくれると思わないと、こちらから話しかけるのはハードル高くありませんか？　ですが、本日は私が年上ですからね。

気合いを入れなければなりません。

話すきっかけになればと思って、本日はお菓子を買ってきました。

チョコに、ポテチに、ガムです。

ミズモチさんにもおやつとして、家にあったランチパックを全種類持ってきました。

といっても、十一種類でりんごカスタードが私は気になりますね。

「あっ、阿部さん！　こっちです」

どうやら待ち合わせ場所に辿りついてしまいました。

湊さんが私を見つけて手を振ってくれています。

スキンヘッドの四十歳サラリーマンですが、若者との冒険に緊張しております。

「お待たせしました」

「全然待ってないですよ」

「おい、シズカ。こんなオッサンと一緒に行くのかよ」

助けた時には意識を失っていた高良《タカラ》勇気《ユウキ》君は、今回の冒険に納得されていないようです。

冒険者ギルドで会えば、遠巻きに会釈はしてくれるのですが、こうして話をするのは初めてです。

湊さんが、少しばかり調子に乗りやすいと言っていたので、自分の力に自信があるんでしょう。若いって、いいですね。

「ユウ。阿部さんは、前に助けてくれたことがある人だよ」

そう言って私を擁護してくれたのは、湊さんではなく、もう一人の女の子である鴻上《コウガミ》冴《サエ》さんです。

普段は強気な印象を受ける見た目ですが、私に恩義を感じてくれているようで、フォローしてくれました。

「サエ、お前も言ってたじゃないか。俺たちだけでも大丈夫なのにって」

「そっ、それは二人のときに」

うん、分かりますよ鴻上さん。彼の言うことに話を合わせてあげたんですよね。

申し訳なさそうな顔をしなくても大丈夫ですよ。

「もう、ユウ君。阿部さんは私が頼んで来てもらったんだよ。いちいち突っかからないで」

「シズカ、だけど、別に三人でよくね？」

「そう言って私たちは魔ネズミの住処で稼げてるの？」

「うっ」

「阿部さんはソロで、ミズモチさんと二人だけど。ちゃんと私たちよりも稼げている人なんだよ。学ばせてもらえることは学ばないとダメでしょ」

おお、湊さんが強気ですね。

もっとおっとりとした人かと思っていましたが、しっかりしています。

「ちっ、わかったよ。だけど、同行者だからな。俺たちの邪魔だけはするなよ」

まぁ、こういうこともあり、同行者にしていてよかったですね。

いくら湊さんが良い人でも、歳《とし》の離れた私を迎え入れることは仲間の子たちには難しいと思っていましたからね。

「もう。すみません、阿部さん。今日までに散々伝えたんですけど、ユウ君のバカ」

「いえいえ、若い男の子はそういうものですよ。気にしないでください」

「大人」

何故か湊さんが口を押さえて感動してくれました。

「まぁ、今日は同行者で、皆さんの戦いを見させていただきますので」

「はい。よろしくお願いします」

湊さんの後ろで、高良君に見えないように鴻上さんも頭を下げてくれました。

うん、女の子たちは良い子ですね。

「ほら、いくぞ」

高良君が先行して歩き出しました。

私が魔ネズミの住処に入ると、察知さんが魔ネズミの位置と数を教えてくれます。

右に三、左に一、中央に八、います。ふむ、彼らの実力を見るためにはまずは一かな。

「それでは左に行きましょうか？」

私が発言をすると、高良君が不機嫌そうにこちらを睨《にら》んできました。

「はぁ？　なんで左なんだよ。男なら中央だろ。真《ま》っ直《す》ぐ行くぞ」

高良君が歩き出そうとしましたが、湊さんが止めました。

「あの、阿部さん。どうして左なんですか？」

湊さんに説明を求められました。

ふむ、スキルのことを話していいのかわかりませんが、同じ冒険者なのでそこは理解してもらえますかね。

「私には魔ネズミのいる位置と数がだいたいわかります」

「はっ？」

「えっ？」

私の説明に高良君と湊さんが同じように驚いていました。

「ウソつくんじゃねぇよ！」

「ウソなんてついていません。これはスキルです。魔物のだいたいの位置と数がわかるんです。ですから、左は一匹。右は三匹。中央を歩いて頂上へ向かえば八匹の魔ネズミと遭遇しますので、左に行って三人の実力を見せてもらおうと思いました」

私の説明を聞いて高良君は唖然《あぜん》として、湊さんは満足そうな顔をしました。

「スゴッ！」

一番最初に言葉を発したのは、鴻上さんでした。

「そっ、そんなのズルいだろ」

「ズルくはありませんよ。皆さんもレベルが上がったときに何かしらスキルはゲットしたでしょ？」

それぞれ思い当たることがあったのか、女の子二人は頷《うなず》いてくれました。

「それと同じですよ」

「じゃあ、オッサンは戦う力はねぇのかよ」

「そうですね。私自身はそれほど強くありません」

「はっ、なんだよそれ。冒険者のくせに」

「私には戦う力はそれほどありませんが、私にはミズモチさんがいるので」

《ミズモチさんはプルプルしながら、あなたへ話しかけています》

ミズモチさんが私の前に立って「まかせろ」と言ってくれています。

「けっ、魔物頼りかよ。情けねぇ」

全てが気に入らないといった感じの高良君、私にも反抗期がありましたね。

懐かしいです。

「ユウ君いい加減にして！　阿部さんが左って言ってくれた理由は聞いたでしょ。この間みたいに危険なことになっても嫌だよ」

「わかったよ」

湊さんに叱られて、高良君も左に行くことを決めてくれました。

私が伝えた通り一匹の魔ネズミがいて、三人は危なげなく魔ネズミを倒しました。

それからは私の言うことを聞いてくれるようになり、三人で三十匹の魔ネズミを倒すことができました。

三十匹倒したところで休憩ということになり、魔ネズミの住処を一旦離れます。

あそこ臭いんです。汚物の臭いがしている場所で休憩するって、ツラいですからね。

近くのコンビニ跡まで戻ってきて、私はファブさんを振りまきます。

「いいなぁ～」

鴻上さんがファブりたい様子でこちらを見ていたので、差し出しました。

「どうぞ、使ってください。除菌シートもありますよ」

皆さんと冒険をするために色々と用意してきました。

「あっ、ありがとうございます」

「いえいえ、このコンビニはトイレも使えるので手も洗えますよ」

意外にも鴻上さんが話しかけてくれているので、雰囲気も悪くならないで冒険も楽しくできています。

「皆さん、お菓子もありますよ」

「ふふ、阿部さんお母さんみたいです」

湊さんも最初の険悪な雰囲気がウソのように今では笑顔が戻ってくれました。

ただ、高良君だけはまだ認めてくれていない様子で、私と距離を空けておられます。

若者に好かれるってどうすればいいんでしょうね。

「もう休憩はいいだろ。いくぞ」

三十分ほどのお菓子タイムが高良君の言葉で終了しました。

まぁ、本日は四時間ほどの短い冒険にすると湊さんが言っていたので、残り半分を同じだけ倒せれば最低賃金ぐらいは稼げそうですね。

「それでは次は」

「おい、オッサン、黙れよ」

「ユウ君、何を言うのよ。今まで阿部さんがいてくれたから危なくないまま、魔ネズミが倒せたんだよ」

「ユウ」

湊さんの意見に、鴻上さんも名前を呼びました。

「うるせぇ、確かにオッサンのスキルは便利だ。だけど、オッサンがいない俺たちはオッサン無しで魔ネズミを見つける必要があるんだろうが、それに頼ってどうすんだよ」

イライラしている言葉でしたが、高良君が言うこともっともですね。

「わかりました。私はお伝えしません。ですが、危なくなったときは注意させていただきます」

「阿部さん」

湊さんが申し訳なさそうな顔で、私を見ました。

ですが、私は湊さんに対して手で大丈夫だと伝えました。

「高良君が言うことも正しいと思います。皆さんは三人で力を合わせれば魔ネズミに負けることはありません。ですので、魔ネズミの見つけ方を考えた方がいいかもしれませんね」

高良君の意見を尊重すると、彼は面白くなさそうな顔で歩き出しました。

二人の女子も私がそう言うならという感じで、高良君の後に続きます。

私とミズモチさんは、彼らのサポートとして後ろからついていくことにしました。

幸い、ここは魔ネズミの住処と言われるだけあり、歩けば魔ネズミに当たるので問題はないと思います。

数が多いときは、それとなく湊さんに伝えて、誘導してもらうようにしました。

午前中の彼らの動きを見ていると、三人で相手に出来る限界は四匹まで、五匹から高良君の負担が大きくなり、鴻上さんがパニックになって対応できなくなります。

そのため湊さんが回復するために魔力を使わなくてはならないので、戦った後の消耗が大きくなってしまいます。

「ほら、オッサンがいなくても大丈夫じゃねぇか」

午前中より時間がかかってしまったのですが、三十匹の魔ネズミを倒したところで高良君が笑顔で宣言しました。

「そうですね。皆さんも冒険者として学びながら強くなっていくんだと思います。よい時間になりましたし、本日はもういいんじゃないですか？」

高良君は満足した顔をしていますが、湊さんと鴻上さんはかなり疲れた顔をしています。

やはり神経をすり減らしながら行動するだけでも緊張の連続で、戦いも加われば初心者の間はしんどいのだと彼らを見ていて思います。

私のそばには最初からミズモチさんがいてくれたので、三人の心の負担は私以上ですね。

私は彼らの戦いを見ながら、水野さんに依頼された行方不明者がいないか見ていましたが、それらしい人影はいません。

「そうだね。疲れたよ」

「うん、帰ってシャワー浴びたい」

女子二人の賛同を得たので、私が帰り支度を始めます。

戦いに集中する彼らの代わりに、魔石を集めることは、私がしていました。

リュックの中は魔石でいっぱいです。

「ちょっと待てよ。やっと調子が出てきたんだ。俺はこれからなんだ。もう少し狩っていこうぜ」

明らかに疲労が溜《た》まっている顔をしている高良君が強がるように、続けたいと言います。

先ほどは彼の意見が正しいと思って尊重しましたが、今回は違うと思います。

「高良君」

「なんだよ！　オッサン」

「別に私のことを認めないのも、オッサンと呼ぶのも私は許しましょう」

少しだけ、オジサンとして若者に嫌われる説教をしようと思います。

「ですが、あなたはリーダーとして彼女たちの命を預かる身です。自分のことばかりではなく、仲間の姿を見てください。あなたの仲間は疲れていますよ。今の状態で本当に素晴らしいパフォーマンスが出来ると思いますか？　あなたは調子が良いかもしれません。ですが、彼女たちは違います」

チラリと高良君が二人を見ました。

二人は息も絶え絶えで帰るのも辛《つら》そうなほど体力を消耗して疲れています。

「くっ」

「あなたは男で、体力が二人よりもあるかもしれません。ですが、あなたと同じだけの体力は彼女たちにはありません。リーダーなら仲間を優先しなくてはダメです」

ハァ、やってしまいましたね。

若者に嫌われる説教くさいオッサンになってしまいました。

「うっ、うるせぇ、言われなくてもわかってるよ。今日はもう帰ろうと思ってたんだ」

ふむ、言葉は素直ではないですが、ちゃんと私の説教を聞いてくれたようです。

素直なところもあるではありませんか。彼は根は悪い子ではないのでしょう。

よし、これで安全に帰ることができますね。

若者はやっぱり可愛くていいですね。


『GYAAAAA‼』

それは魔物が発するには大きな雄叫《おたけ》びでした。

『GYAAAAAAAAAAA‼』

山全体を揺るがすような叫び声が地響きとなる。

「「キャ〜〜！」」

「なっ、なんだよ！」

女性たちが悲鳴を上げ、高良君が警戒して辺りを見る。

だが、私の察知さんが警戒音を鳴らしています。ここにいてはダメです。

「皆さん！　急いで逃げます。ここにいてはいけません」

「えっ？」「えっ？」

「ミズモチさん」

困惑する三人に対して、私は女性二人の手を掴《つか》んで走り出しました。

ミズモチさんには周囲の警戒を頼みます。

今は一刻も早くこの場を離れることを優先しなければなりません。

「ちょっ、ちょっと待ってくれ。俺は、俺も体力が」

私が女性たちを引き連れて山を下り始めると、途中まで付いてきていた高良君の足がもつれて転倒してしまいます。

「ユウ！」

鴻上さんが高良君の下へ戻ろうとしました。

「危ない！」

察知さんが知らせてくれなければ、気付くことが出来ませんでした。

鴻上さんの腕を掴んで引き寄せていなければ危なかったです。

高良君と鴻上さんの間に、巨大な魔ネズミが降り立ちました。

その身長は私よりも高く筋骨隆々で、私が洞窟《どうくつ》の入り口で見た魔ネズミです。

醜悪なネズミ顔がニヘラと嫌らしい笑みを浮かべました。

初めて小鬼と対峙《たいじ》したときと同じ恐怖が、私の心を埋め尽くしていきます。

すぐさま《精神耐性（小）》が発動してくれたお陰で、気持ちに冷静さを取り戻すことができました。不意に水野さんの依頼を思い出します。

行方不明者さんたち、その犯人は目の前にいる巨大な魔ネズミだと思います。

あの洞窟を守っていた番人が、こうして山を駆け回って獲物を探していたのです。

「湊さん、鴻上さん、高良君のことは私に任せてください」

「えっ？」

湊さんが驚いた顔をしています。私も自分で驚いてしまいます。

足は震えて、こんな化け物には絶対に近づきたくありません。

だけど、未来ある若者達を助けなければなりません。

行方不明者の無念を晴らせるのか、そんなことを考えている余裕はないのです。

「一緒に！」

鴻上さんが戦おうとして、魔力も体力も底をついていることを思い出したようです。

一歩踏み出しただけで、膝《ひざ》を突いて座り込んでしまいました。

「鴻上さん、大丈夫ですよ。高良君は必ず助けます。ですから、お二人は先に逃げてください」

「また、また！」

湊さんは涙を浮かべ、不安な顔をしています。

「阿部さんのお世話になってしまいます」

「いいのです。これもまた運命ですよ。それに私は一人ではありません」

頼れる相棒が、高良君と共にいてくれます。

「私が気を引きますので、どうか二人は逃げてください」


『GYAAAAAAAAAAA‼』


私が二人を逃がそうとしたことがわかったのか、怒りを表すように巨大な魔ネズミが叫び声を上げました。二人は恐怖から足が竦《すく》んで動けないようです。

ならば……。

「随分と不細工なお顔をされている魔ネズミですね！　あなたの相手は私です」

私は胸当てとヘルメットを確認して、黒杖《こくじょう》さんを構えました。

「ミズモチさん。行けますよね？」

《ミズモチさんはプルプルしながら、あなたへ話しかけています》

頼れる相棒が答えてくれます。

「逃げられないのであれば、私があいつをどこかにやりますので、高良君を助けてください！」

私はフェンシングをするように、黒杖さんを構えました。

「《プッシュ》！」

渾身《こんしん》の《プッシュ》は、払いのけられてしまいます。

「もちろん、それが効くなど思っておりませんよ。《ダウン》」

近づいたところで、柳《ヤナギ》師匠直伝。

倒れながら足の甲へ全体重をかけた、《ダウン》をお見舞いしました。


『GYAAAAAAAAAAA‼』


悶絶《もんぜつ》するように、痛みを受けて私を睨《にら》みつける巨大な魔ネズミ。

「《フック》」

足首にかけることは叶《かな》わなくても、その醜悪な頬にぶち込むことは出来ます。


『GYA‼』


頬を引き裂くようにお見舞いした《フック》は、巨大な魔ネズミの薄い頬を傷つけ、完全にヘイトを私へ向けることに成功しました。

「巨大な魔ネズミよ。こっちにいらっしゃい」

私は距離を取り、挑発の呼びかけをしました。

こんなもので倒せるのであれば、今までの冒険者だって多少は傷を負わせられたはずです。

今までの魔ネズミと違って倒れる気配がありません。

ならば、ダメージを蓄積させなければなりません。

『GYAAAAAAAAAA‼』


私に怒りを向けて、巨大な魔ネズミが俊敏な動きで走り始めました。

囮《おとり》作戦成功です。巨大な魔ネズミは、本命を見失いました。

「ジュッ?」

巨大ネズミの横っ面を吹き飛ばすミズモチさんの一撃。

油断していたネズミの顔面に衝撃を与えました。

「ナイスです。ミズモチさん」

私は逃げると見せかけて反転した勢いのまま、「《プッシュ》!」を先ほどよりも勢いをつけて放ちます。今度は巨大な魔ネズミの鼻を打《ぶ》ち抜きました。

『GYA‼』

鼻を打たれて悲鳴を上げています。

私だって恐怖はあります。それでも善戦できています。

それはミズモチさんがいてくれるからです。

ミズモチさんと二人なら戦えます。

『GYA‼』

私とミズモチさんを厄介な相手と判断したようです。

大きく跳躍して距離を取りました。
不運というものはどうしてもやってきてしまうものです。
「ヒッ！」
足がもつれて倒れていた高良君の下へ、巨大な魔ネズミが着地しました。
巨大魔ネズミが悲鳴を上げた高良君を見て、醜悪な笑みを浮かべます。
「いけませんね。ミズモチさん」
《ミズモチさんはプルプルしながら、あなたへ話しかけています》
私が呼びかけるとミズモチさんと意志が繋《つな》がったような気がします。
「痛いですが、すいません。《プッシュ》！」
ミズモチさんが飛び上がり、私がミズモチさんを後ろから打ちました。
高速で飛んでいくミズモチさんは、巨大な魔ネズミの頭へと付着して酸素を奪います。
もがき苦しむ巨大な魔ネズミ。
私は追いついて、二度目の足の甲へ「《ダウン》」をお見舞いしました。
上からミズモチさん。下から私の波状攻撃です。
それからは苦しむ巨大魔ネズミに対して、黒杖さんで叩《たた》いて何度も攻撃を続けました。
いつの間にか普段よりも大きな魔石が落ちていました。
どうやら事なきを得たようです。ふぅ、なんとかなりましたね。
私とミズモチさんの二人でどうにか、巨大な魔ネズミを倒すことが出来ました。
ホッと息を吐くと、腰が抜けてしまいました。

本当に、足に力が入りませんね。ふと、私の横に影がやってきました。

「あっ、ありがとうございました」

影の正体は高良君で、腰を九十度に曲げて私に礼を告げました。

「ふぇ？」

気の抜けた返事をしてしまいました。

もっとカッコ良く決めたかったのですが、なにぶん私も恐かったのです。

「おっ、俺、恐くて本当に死ぬって思って……、スライムが飛んできて、次におっさ、いえ、阿部さんが来てくれて、ビッグマウスと戦ってくれて。今まで失礼なこと言ってすみませんでした」

色々な思いがあるようですが、どうやら高良君に認めてもらえたようです。

「阿部さん！」

今度は反対側から、湊《みなと》さんが抱きついてきました。

あの～、オジサンはですね。

女性に抱きしめられたのは母以外で初めてなので、恐さとは別の緊張で硬くなってしまいます。

どうすればいいのでしょうか。

湊さんは泣いていて、引き剥《は》がすことはできません。

「私、私、恐かったです。本当にどうにもならないって思って。恐くて、もしも阿部さんが一緒に来てくれていなかったら、私たち三人とも殺されていました」

湊さんの恐怖は私にもわかります。

もしもミズモチさんがいなければ、あんな化け物と戦うことはできなかったでしょう。

おや、レベルアップしたようですね。

もう何が何やら頭が追いつきません。

「皆さんが無事でよかったです」

「阿部さん。私からもありがとうございます」

鴻上さんは高良君に抱きついて、生還の喜びを噛《か》みしめていました。

私へ向けて礼を言ってくれるのは嬉《うれ》しいのですが、足腰立たないので肩を借りなければ立ち上がることもできません。情けないオジサンですいません。

「とにかく、今はこの場を離れましょう」

ここで魔ネズミに襲われれば、本当にミズモチさん以外に戦力がない状態です。

「「はい！」」

三人は素直に私の言葉に従ってくれました。

高良君と湊さんの肩を借りて、下山したのは情けない話です。

こればかりは甘えるしかありません。警戒をミズモチさんにお願いして、荷物を鴻上さんが持ってくれました。コンビニまで戻ってきたところで、改めて一息つきます。

「皆さんありがとうございます。なんとか誰一人も欠けることなく帰還できて、本当によかったです」

私が声をかけると三人とも座り込んでしまいました。

そして、三人は顔を見合わせて私を見上げます。

「改めて、「「ありがとうございました！」」

三人が声を揃えてお礼を言ってくれました。

「あっ、いえいえ、全然大丈夫ですよ」

「俺、いっぱい失礼なこと言ってすみませんでした。阿部さん。いや、阿部先輩」

「えっ？　先輩？」

「はい。俺、ずっとサッカー部で、年上の人は監督とかコーチ以外はみんな先輩って呼んでて、だから阿部先輩のことも先輩って呼ばせてください。マジで尊敬してます。リスペクトです！」

「そっ、そうですか」

高良君、態度が変わりすぎでオジサンはついていけません。

まぁ、とても素直な子だということはわかりました。

「ユウ君も阿部さんを見習ってよ」

「おう。俺、先輩みたいなカッコいい冒険者になるよ」

私がカッコいい？　物凄《ものすご》く当てハマらない気がします。まぁ、危険から脱出できて興奮しているのでしょうね。どうやら私の足も回復してきたようです。

「さて、今回は無事に帰ることができました。同行者は先に失礼します。皆さんも気を付けて帰ってくださいね」

私は鴻上《こうがみ》さんからリュックを受け取り、魔石を彼らに渡しました。

「阿部さん、これは？」

巨大な魔ネズミから取れた魔石を湊さんに渡します。

「今回、私は同行者です。冒険で手に入れたドロップは、それぞれの自由にして良いという取り決めでしたね」

「それはそうですが」

「私は社会人として、安定した収入を得ています。ですが、皆さんは冒険者を本業にしていますよね。稼げるときに稼がなくてはいけません。今回の出来事が君たちの危機管理能力の向上と、次の冒険の糧になってくれることを心から願い、応援しています」

私は説明を終えると、三人に魔石を全て渡して、リュックにミズモチさんに入っていただきました。

「「「ありがとうございました！」」」

三人は立ち去る私に改めて頭を下げてくれました。

若者たちを《導く》って、気持ちが良いものですね。

湊さんは信用できる女の子です。

鴻上さんは自信が無いからこそ外面は強気な態度を取るタイプでした。

内面には優しさと自分の意志があり、気を遣える女の子でした。

高良君は、まぁこれからに期待ですね。

今回の、命の危機が彼を成長させてくれることを祈るばかりです。

スーパーカブさんに乗り込んだ私はミズモチさんにお願いをします。

「ミズモチさん。今日は疲れたので手抜きご飯でもいいですか？　某ナンバーワン、フライドチキン店のチキンが大量に食べたい気分なんです。寒くなると、コマーシャルがメチャクチャ流れるので気になるんですよね」

《ミズモチさんはプルプルしながら、あなたへ話しかけています》
「ふふ、ミズモチさんもたくさん食べたいですか？　ええ、今日は生還記念です。大量に食べましょう」
本日は疲れたので水野さんへの報告はまた今度にしましょう。
それくらいは許してもらえますよね。改めて、生きていてよかった。

◇

夕食のために買ってきた大量のチキンで胸やけしました。
美味しいのです。各部位にそれぞれ良さがあり、最高なんです。
ですが、四十歳のこの体は食べた直後に胸焼けです。
《自身の回復（極小）》のおかげで、明日には良くなると思います。
冒険者になってレベル上げしていてよかったです。
そういえば筋肉痛も最近は感じなくなりましたね。
あれほどハードに動いたはずなのに、体は意外にピンピンしています。
それでは恒例のスキルチェックといきましょう。
胸焼けでもこれだけは楽しみなのでやりますよ。
とうとう、私のレベルも四になりました。

これまで以上に強くなって、ミズモチさんとの会話もスムーズになれば良いのですが。

・レベル：四（スキルポイント四十）

スキルポイントをタッチすると項目が現れました。

・テイムした魔物の攻撃強化＋三
・テイムした魔物の防御強化＋三
・テイムした魔物の魔法強化＋三
・テイムした魔物の魔法防御強化＋三
・テイムした魔物の状態異常耐性強化＋三
・テイムした魔物の回復力強化＋三
・テイムした魔物の状態異常回復力強化＋三
・テイムした魔物の魔法基礎
・恐怖耐性（小）
・属性魔法基礎
・発毛＋一

前回のことがあったので、ミズモチさんに取るポイントを使う前に、発毛＋一のポイントをチェックします。

消費ポイント二十、まさかとは思いますが、日々毛根が死んでいるのでしょうか。

発毛する力を強くしなければ、私の髪は手遅れになってしまうということでしょうか。

初日に小鬼に髪を毟《むし》り取られたので、それからはヘルメットを装着しています。

髪を生やすために《発毛＋一》を、いえ、何を考えているのですか？

冒険者として、私の目標はミズモチさんとお話をすることです。

念話さんはレベルが上がると確実に成長しています。

今回レベルが上がってミズモチさんの能力が上がれば、また一つミズモチさんとの距離が近くなるはずです。

ですから、しっかりとミズモチさんとお話ができるまではレベルを上げることを目標にしなくてはなりません。

それでなくても私はレベルが上がるのが遅いように感じるのです。

私は震える指先をなんとか《発毛＋一》から引き剥がして、ミズモチさんの強化にポイントを使いました。

残りを《恐怖耐性（小）》と《属性魔法基礎》の習得に使います。

えっ！　私、《発毛＋一》に気を取られてて、気づいていませんでした。

魔法が使えるようになるのですか？　物凄く楽しみなのです。

本日は鴻上さんの魔法を見学していましたからね。

その影響でしょうか？　巨大魔ネズミとの戦闘で得た恐怖耐性も意味があるということですね。

new《テイムした魔物の魔法基礎》

・テイムした魔物が属性に応じた魔法を使える。

ミズモチさん《水》
へえ、ミズモチさんは《水》属性だったんですね。
確かに青くて水餅《みずもち》のような見た目だと思っていましたからね。
お風呂《ふろ》の水を全て飲んでしまうほど、お水は好きですし納得ですね。

new《恐怖耐性（小）》
・自分よりもレベルが高い者が発する威圧や殺意に対して恐怖を感じにくくなる。
これはあれですかね。魔物を恐く感じなくなるのですかね。
元々が恐がりな私ですから、多少は強くなってくれると嬉しいです。
未《いま》だに夜は、家に誰かの気配を感じてしまいますからね。
ミズモチさんが来てくれて本当によかったです。

new《属性魔法基礎》
・冒険者に応じた属性の魔法が使えるようになる。
　阿部秀雄《ヒデオ》《光》
おや？　私、《光》属性なんですか？　うわっ、なんだかそれって勇者っぽくていいですね。光の剣とか昔のアニメで使われていて憧《あこが》れたもんですよ。

私は杖《つえ》使いですけど、それでも杖から光が飛んでいくとかカッコいいです。熟練度が上がれば、レーザーとか打てちゃうんですかね。
夢がありますね。これは、さっそく使ってみたい。

「ミズモチさん。今から少しだけご近所ダンジョンさんに行きませんか？」
《ミズモチさんはプルプルしながら、はいと言っています》
「えっ？　今の念話さん。完全に返事でしたよね。はいって、言っていましたよね。ミズモチさん。はい、以外にも言えますか？」
《ミズモチさんはプルプルしながら、はいと言っています》
「うん？　私の聞き方が悪かったのかもしれませんね。はい以外の言葉でお願いします」
《ミズモチさんはプルプルしながら、はいと言っています》
「う〜ん、さすがは念話さんクオリティ。結局、はいしか言っていません。ミズモチさんは私が嫌いですか？」
ちょっと、はいと言われるのは悲しくなる質問です。
《ミズモチさんはプルプルしながら、いいえと言っています》
キター！　はい、以外の言葉がありました。
「ミズモチさん。いいえ、と言いましたね。ありがとうございます。これで返事ができるようになったのですね。嬉しいです」
《ミズモチさんはプルプルしながら、はいと言っています》

「ふふ、やっぱりレベルを上げるって大切ですね。もっとミズモチさんとお話がしたいです。そうだ。私の魔法も使わなければなりませんね」

私はミズモチさんと共にご近所ダンジョンさんに向かいました。

魔法を使う以上、魔力が強いところでしなくてはいけませんよね。

私はご近所ダンジョンさんにやってきて……。

「あっ、私、魔法の使い方がわかりませんでした。ミズモチさん、すいません。ここまで連れてきたのに魔法は使えないようです。水野さんに聞くことが増えましたね」

せっかくなのでミズモチさんとの夜の散歩を楽しんで帰りました。

ご近所ダンジョンさんは、今日も静かで誰もいません。

◇

いつもは週末に冒険者ギルドに向かうのですが、本日は巨大な魔ネズミの報告もあるので、仕事帰りに水野さんに会うため、スーツ姿でやってまいりました。

日曜は激しい戦闘の後だったのでゆっくり休ませていただきました。

「水野さん、今よろしいですか?」

「えっ?　あっ、ああ、阿部さんでしたか。スーツを着ておられたので、いつもと違う印象でわからなかったです」

「最近はすっかり寒くなってきましたね。マフラーとニット帽が手放せません」

ニット帽を脱ぐと水野さんの顔が納得していました。

「そうですね。私も寒がりなので、いつも服を重ねてムクムクしています」

水野さんと世間話をしているのも楽しいです。

本日はもう遅い時間ですので、報告を優先するとしましょう。

「実は、いただいた依頼なのですが」

「はい？」

「魔ネズミの住処の行方不明者についてです」

「ああ。まだ調査の途中で」

「それなんですけど、昨日私より体の大きな魔ネズミに襲われまして」

「えっ！　どういうことですか？」

「はい。少し前に魔ネズミの住処となっている洞窟《どうくつ》の見張りをしている巨大な魔ネズミがいたんです。そいつに襲撃を受けまして」

昨日の出来事を簡単に説明して、仮説を伝えました。

「そうだったんですね。見張りをしていた巨大な魔ネズミが、餌を求めてテリトリー内を徘徊《はいかい》していたということだったんですね。そして、倒した巨大な魔ネズミの魔石は新人さんに渡したんですね。わかりました。確認してみます。それと危ないことを頼んでしまって、すみません」

水野さんが深々と頭を下げてくれました。

その表情は深刻な顔をしていました。私も怖い思いをしましたが、命が無事だったことと、若者たちを助けられたことは喜ばしいことです。

ですから、水野さんにも笑顔で褒めていただきたいです。

「いえいえ、私は運がよかったようです。ですから、無事を喜んでくれる方が嬉《うれ》しいです」

「わかりました。阿部さんが無事に帰ってきてくれて嬉しいです。ただ、生き残れたのは阿部さんの実力だと思います。それに阿部さんの話が本当であれば、それはビッグマウスと言って、魔ネズミの進化系です。進化しているということは、魔ネズミのレベルが十を越えていたので、新人さんたちでは太刀打ち出来ない魔物だったと思います。心から阿部さんが無事でよかったです」

水野さんは安堵《あんど》したように大きく息を吐いていました。

レベル十のビッグマウスと言うのですね。

魔ネズミにも種族名があったんですね。

そういえば高良君がビッグマウスと言っていたような気がします。

「ミズモチさんと阿部さんのレベルは十に達していないので、危険だったと思います。調査不足で本当にすみませんでした」

いつもクールな水野さんが、申し訳なさそうな顔で恐縮してしまいます。

「水野さん。私は一度、水野さんに命を助けていただきました。水野さんに助けられた命を水野さんのために使えたのです。だから、そんなに申し訳なさそうな顔をしないでください」

落としていたかもしれない命を、水野さんによって救われ、他の冒険者を助けることに繋《つな》がりました。それは水野さんの功績です。

「ありがとうございます」

「はい。この話は終わりです。後の調査はお任せします」

私が戯《おど》けて伝えると、水野さんが苦笑いを浮かべました。

「任されました。これ以上の被害はないと思いますが、定期的に調査を入れてもらうようにします」

意気込む水野さんは、やっぱり年下の女性で可愛らしい人です。

いつもクールな印象なのでギャップで萌《も》え萌《も》えです。

「そういえば、水野さんに教えてほしいことがありまして」

「はい。仕事ですから、なんでも聞いてください。阿部さんの質問なら何でも答えますよ。えっと、プライベートなことはちょっと」

水野さんにしては珍しい冗談で互いに笑ってしまいます。

「はは、プライベートなことではないので、安心してください」

「多少は聞いていただいても大丈夫ですけど」

水野さんが恥ずかしそうに小さな声で何かを呟《つぶや》きました。

「えっ？　すいません。声が小さくて」

「何でもありません！」

何故か怒られてしまいました。

私、何かしたのでしょうか？　でも、水野さんと近づけたような気がします。

「それで、何を聞きたいのですか？」

「はい。実はレベルが上がって魔法が使えるようになったのです」

「凄《すご》いですね！　魔法はマジシャンやプリーストなどの特定の職業しか使えないと言われているので、ビーストテイマーで使える人は珍しいと思います」

「えっ？　そうなのですか？」

「才能がないわけではないのですが、ビーストテイマーの方は魔物を鍛える方にスキルポイントを使いますので珍しいですね」

まぁ、そうですね。魔法を使える意味って、何って思います。

私の場合はポイントが丁度よかっただけですしね。

「なるほど」

「あっ、別に魔法を取ることが珍しいだけで、いないわけではありません。魔法を使うためにはマジックポイントが必要です。マジックポイントはアプリのステータス画面で見れますよ」

そう言われて久しぶりにアプリを起動しました。

・名前：アベ・ヒデオ
・年齢：四十歳
・討伐数：二百五十一
・レベル：四
・マジックポイント：五／五
・職業：ビーストテイマー
・能力：テイム・属性魔法《光》
・登録魔物：スライム

確かに項目が増えております。

「魔法には、基礎的な無属性と属性魔法の二種類があるんです。マジシャンやプリーストさんたちが職業を取られて、レベルが上がった際に習得できる魔法はスキルに応じた無属性魔法です。《マジック・アロー》とか、《回復（極小）》といった感じです」

テイマーでは、テイムが基礎的なスキルでしたね。

私はミズモチさん以外をテイムすることがないので、使っていません。

今の説明も初耳でしたが、知っているフリをしておきましょう。

「阿部さん。知らないことは知らないと言っていただいていいですよ」

はい、私、ウソつくの下手くそでした。

水野さんにすぐにバレてしまいました。

「すいません。他の職業について全く知りません」

「そういう顔してましたよ。その辺の勉強は後々してください。今回は魔法の基礎ですが、無属性は、その職業に応じた魔法を自然に覚えられます。また、上級魔法は外部から魔導書を使って覚えることもできます」

ほうほう、魔法にもたくさんの情報があるんですね。

相変わらず水野さんの知識量は凄いです。

「それでは、阿部さんは無属性魔法ですか、それとも属性魔法ですか？」

「私は属性魔法ですね」

「属性魔法は、個人に固有の属性が存在していて、属性に応じた魔法を覚えられるそうです。阿部さんの属性を教えていただいても?」

「《光》と出ました。あっ、ミズモチさんは《水》です」

「なるほど、それでは、光はライト。水はウォーターの後に何かしら言葉を繋げると魔法が使えるようです。先ほどの無属性であれば、マジック・アローのようなものです」

なるほど、私は《光》なので、ライト・アローと唱えれば光の矢が飛ぶということですか、さすがにここでは使えませんね。危なすぎます。

「色々と勉強になりました」

「お役に立ててよかったです。ですが、こちらこそ今回は阿部さんのお陰で助かりました。調査はしていきますので、またお話を聞くかもしれません」

「はい。それは大丈夫ですよ」

「一緒に行った子達のレベルが二程度で、まだまだ駆け出しでした。阿部さんがいなければ確実に死んでいたと思います。命を救っていただき、ありがとうございます」

水野さんは真面目な人ですね。他人のために頭を下げられるのは凄いと思います。

「こちらこそ、いつも色々教えていただき助かっています。これからもよろしくお願いしますね」

「はい!」

私は水野さんに別れを告げて夕食を取るために適当な居酒屋に入りました。

◇

本日は遅くなることをミズモチさんに告げていました。

ですから、冒険者ギルドからの帰り、私は一人で夕食を取るため、良い店がないかと水野さんに近くの居酒屋を紹介していただきました。

冒険者ギルドの近くに、冒険者たちが集まる酒場があるそうです。

酒やツマミなどが美味しく、リーズナブルなお店で冒険者を応援してくれています。

店の雰囲気は、異世界冒険者ギルド風に作られているそうで、丸テーブルに立ち飲み形式でした。

一応カウンターには普通の座席も用意されているので、私は一人でカウンター席へ腰を下ろします。

「いらっしゃいませ！　何になさいますか？」

カウンターに座ると、給仕服を着た女性が注文を聞きにきてくださいました。

「それではビールと枝豆、それに梅クラゲをいただけますか？」

私がスピードメニューを注文すると、スマホを操作していきます。

コンセプト居酒屋かと思いましたが、その辺は近代的なんですね。

「お待ちどおさまでした」

「早いですね」

「それが売りですから。温かい食べ物も頼まれますか？」

「それでは揚げ出し豆腐と何かお肉の料理をいただけますか？」

「今なら、マンガ肉が用意できますよ」

「マンガ肉？」

「はい。骨にお肉が巻き付いて焼いたやつです」

「ああ、それはいいですね。それをお願いします」

「はいよ！　マンガ肉一丁！」

威勢の良いお姉さんの声で、マンガ肉が頼まれると大きな骨が運ばれていくのが見えました。一人で食べられるのか不安ですね。

「こういう時にミズモチさんがいてくれたらいいのですが」

私は遅い晩酌を飲み干し、梅クラゲに箸《はし》を伸ばしました。

「美味しいですね」

雰囲気も良くて、料理も美味しい。

それにコンセプトに合わせた料理も用意していて、良いお店です。


店の雰囲気を楽しんでいた私にふと、聞きたくない会話が聞こえてきました。

「それにしても最近は魔物の出現が多くないか？」

「そうだな。年々増しているって話だぞ」

さすがは冒険者酒場ですね。

冒険者の方々が、最近の魔物事情について話をされています。

「この間は新人が行方不明になるって噂《うわさ》もあったそうだ」

どうやら魔ネズミの住処で行方不明者が出ている話は、冒険者たちの間で噂になっていたようです。

「まぁ、俺たち中級には関係ない話だけどな」

「ちげえねぇ。ガハハハ」

あまり態度がよろしくない冒険者さんがいるようです。

元々、冒険者は素行があまりよろしくない方もおられます。

「死ぬような新人はバカなんだよ」

「そうだな。そんな奴《やつ》らはさっさと死ねばいいんだ」

話す内容も聞いていて、気分の良い物ではありません。

せっかく店の雰囲気が良くても、あのような酔っ払いはどこにでもいるんですね。

誰が聞いているのかわからない場所でよく言えたものです。

ああいう人達とは関わらないようにしてきたので、残念な気持ちになります。

「兄ちゃんたち、その辺にしとけよ。あまり聞いててええ気分になる話ちゃうぞ」

私が思っていたことを代弁するように一人の男性が立ち上がりました。

身長は低いのですが、その体躯《たいく》はガッシリとして、鍛えられた体だとわかります。

見た目から、冒険者であることが伝わってくる同年代の男性でした。

先ほどまで騒いでいた二人組に声をかけます。

「なんだ？　オッサン。俺たち中級冒険者様に文句でもあるって言うのか？」

どうやら実力があるのか、お酒が入っているからか、若者たちも言い返します。

酒の席と言っても、これはあまりよろしくない状況ですね。

「なぁ、あんたもそう思うだろ？」

そんな状況を見守っていると、突然同年代の冒険者から声をかけられました。

「えっ？　私？」

いきなりカウンターに座っている私に振られて、肩を掴《つか》まれました。

状況は見ていたので、わかっています。

私は驚きながらも立ち上がって、若者たちを見ました。

「なっ！」

「うっ！」

「おお！」

身長が高く、スキンヘッドな私は見た目に迫力があるようです。

私の肩を掴んだオジサンも含めて、三者三様の声が上がりました。

「そうですね。公共の場と言っても、同じ冒険者が飲み食いする場所です。その場所で冒険者の失《しっ》踪《そう》を酒のつまみにするのは感心しませんね」

聞いていていて、気分の良い話ではなかったので、オジサンの仲間として話をすることにしました。

彼らはバツが悪そうな顔をして、私の注意を聞いてくれました。

「あっ、ああ。悪かったよ」

「そっ、そうだな。控えるよ」

二人の若者は、私が伝えると静かにお酒を飲み干して、お会計を済ませて店を飛び出していかれました。

「ガハハハ。いや～、あんた迫力があるな。Bランクぐらいか？」

「えっ？　いえ、まだ登録して三ヶ月の新人です」

「何っ？　マジか？」

「マジです」

「ハァ～、風格っていうか、貫禄《かんろく》があるんだろうな。俺の名前は魚住智《ウオズミトモ》だ。これでもC級冒険者でな。みんなからはトモさんって呼ばれているから、そう呼んでくれ。冒険者業は三年ほどになる。脱サラして冒険者になったんだ。あんたも脱サラ組か？」

快活に話をするトモさんは、身長は私よりも十センチほど低いのですが、ガタイがしっかりとしているので大きく見えます。

胸板など私の何枚分あるのかわかりません。

筋肉の鎧《よろい》を纏《まと》っておられます。

「阿部秀雄です。私はサラリーマンを続けながら副業として、兼業しています」

「なら、ヒデさんだな。ヒデさん、このご時世だからな。どんどん変化を求めないと生き残れないぜ。脱サラして冒険者になるならいくらでも手解《てほど》きするぞ」

「ありがとうございます」

居酒屋で出会ったトモさんは、気の良い方でした。

年齢は、私より五つ上の四十五歳で、趣味はお酒とパチンコ。

離婚をされていて、離婚前は、子供が二人おられて、冒険者になったのは養育費を払っていくためだそうです。

「親父として、子供に苦労はさせたくないんだ。だから、離婚するときに家を買ってな。ガキどもには何不自由させないって決めてんだよ。昔は色々ヤンチャもしてたからな」

建築関係に勤めていたそうですが、それでは家のローンを払いながらの養育費は難しいそうです。子供に対しては、二人を満足に大学に入れてあげたいそうで、いろいろ大変ですね。

「俺もさ、こんな仕事を長く続けられるとは思ってねぇよ。だけど、時代の流れに乗ってみようって思ったんだ。多分だが、転職なんて若い時ならいくらでもできただろ？」

「そうかもしれませんね」

私は二十年間同じ会社に勤めています。

「だけど、この年になると新しいことをしたり、転職するのも勇気がいるんだ。だから、これは俺が挑戦できる最後のタイミングだって思ってな。それにな、三年で家のローンは半分まで終わったんだ。あと三年頑張れば、家のローンは終わるんだ」

気持ちの良い笑みを浮かべるトモさん。男らしく頑張っているのを応援したくなります。

「わかります。何か変化をする時って勇気がいりますからね」

「おっ！　ヒデさんわかってくれるか。そうなんだよ。俺らの歳になると、ちょっと会わない間に、同年代の奴らは課長になったとか、出世したとか仕事の話ばかりだ。そうかと思えば、子供が小学校に行き出したとか、高校に行き出したとか、子供の話は自分の歳を自覚させられちまって、嫌になるもんだ。ヒデさん結婚は？」

「私はしていません」

バンバンと背中を何度も叩《たた》かれました。

「それはいいな。俺も離婚して自由になったから思うが、男は仕事をして、自分のことを自分でした方がいい。母ちゃんがいると頼っちまうからな」

いつの間にか、ビールから焼酎《しょうちゅう》に移行して、ヒデさんはマイボトルを入れていました。

土竜《もぐら》という焼酎で飲みやすくてついつい二人で一升瓶を空けてしまいました。

芋焼酎でクセがなく、普段はビール党の私でもグイグイ飲めました。

「いい飲みっぷりだな。久しぶりに同年代と飲めて楽しいよ」

「私もです。トモさんは、誰かとチームを組まれていないのですか？」

「俺？　俺は傭兵《ようへい》なんだ」

「傭兵？　なんでしょう。かっこいい響きですね」

「そうだろ。だから自分では傭兵トモって名乗っているんだぜ」

自慢そうに語るトモさんはキラキラとしています。

呼び名があると親しみやすくなりますね。

「傭兵業は、どんなことをするんですか？」

「まぁ、何でも屋だな。基本はファイターとして前衛がメインだ。それに荷物持ちとして後方の護衛をやったりするぞ」

「へぇ～、トモさんは器用なんですね」

「おう、昔は空調屋をして、その後は大工の経験もあるからな。結構手先は器用だぞ。自慢じゃねえが力には自信があるな」

そう言って腕を捲《まく》れば、私の太腿《ふともも》ぐらい太い腕が出てきました。

「うわっ！　凄《すご》いですね」

「おうよ！　オジサンだが、その辺のガキよりも鍛えているからな。ヒデさんはヒョロっとしているから鍛えた方がいいぞ」

バンバンと背中を叩かれると物凄く痛いです。

「そうですね。私も冒険者になって、魔物と戦うようになってから杖術《じょうじゅつ》をやり始めました」

「杖《つえ》？　それはまた珍しい武器だな」

「そうですか？　結構便利なんですよ。トモさんはどんな武器を使うんですか？」

「俺かい？　俺は斧《おの》だな」

いつの間にやら、互いの冒険者としての働き方に話題は移行していました。

話しやすいのでついつい話し込んでしまいます。

「ほほぅ！　それもまた珍しいですね。斧を使われている冒険者の方はあまり見かけないので」

「だろ？　だから選んだんだ」

「ふふ、私も似たようなものです」

「気が合うねぇ」

何度目になるのかわからない乾杯をしました。

私たちは互いに冒険者談義に花を咲かせて、楽しい食事をいただくことができました。

「ヒデさん。俺の方が先輩だからな。何か困ったことがあったら言ってこいよ」

「はい。わからないことがあればご連絡させていただきます」

「冒険者以外でも、飲みの誘いでもいいぞ。ガハハハ」

そう言って、本日の食事をトモさんが奢《おご》ってくださいました。

私も出すと言ったのですが、先輩として当然だと言って出させてくれなかったのです。
歳も近いので、久しぶりに友人と酒を飲んだ気分になり楽しかったです。
最後は、スマホの番号を交換して別れました。

幕間　私のヒーロー

《Side 湊静香《ミナトシズカ》》

私は幼い頃にお父さんを亡くしています。

お母さんと二人で生きてきて、寂しいと感じることもありました。

だけど、幼馴染《おさななじみ》の二人が私が寂しくないように寄り添ってくれたから、一人になることはありませんでした。

だけど、ふとした時にお父さんのことを思い出すことがあります。

幼い頃に見た記憶の中で、凄く優しくて大好きなお父さん。

お父さんと歳《とし》の近い人を見ると、つい目で追ってしまうぐらいに年上の男性が気になってしまいます。

冒険者になったのは、幼馴染の二人が心配だったから。本当はお母さんを安心させるために看護師さんになりたいと思って専門学校には行っています。

ですが、二人が冒険者の仕事をする一年間は二人に付き合い、一緒に冒険者の仕事をすることにしました。

二人は私にとって大切な存在なので、それ自体は苦にならない選択でした。

だけど、冒険者は私が思っていたよりも厳しい仕事で、なかなかお金を稼ぐことができません。

それに危険なことも多くて、私たちは魔ネズミの住処《すみか》で死に直面しました。

「ユウくん！」

魔ネズミの住処を探索していた私たち三人は、広い場所に出た瞬間に、大量の魔ネズミに囲まれました。

ユウくんは抵抗しようとしましたが、魔ネズミの攻撃を頭に受けて気絶してしまい、それを見たサエちゃんが悲鳴をあげました。

「キャー！」

こんなところで死にたくない。

抵抗も虚《むな》しく、魔ネズミの群れになす術《すべ》もなく食べられそうになりました。

そんな私たちを助けてくれた年上の男性が現れました。

助かったことで、先ほどまでの死の恐怖に泣き崩れている私たち。

年上の男性はそんな私たちを叱責しました。

「しっかりしなさい！　あなた方も冒険者でしょ！」

叱られたことで、私は初めて顔を上げて男性を見ました。

そこには、亡くなった頃のお父さんと同じ歳ぐらいの男性が立っていました。

私たちを助けるために必死に戦っている姿が目に映りました。

「お父さん？」

一瞬、お父さんが助けに来てくれたのかと錯覚をしました。

私の頭は混乱していたのだと思います。

「泣いていて、命が助かりますか？　目の前には敵がいるんです。あの男の子を助けたくはないのですか？」

もう一度、叱責を受けて私は状況を思い出しました。

サエちゃんを見ると、私を見ていました。

顔を見合わせて頷《うなず》き合います。ユウくんを助ける。

「魔ネズミは、私とミズモチさんが引き受けます。あなたたちは男の子を助けなさい」

男性に魔ネズミを任せるのは気が引けます。だけど、今の私たちでは戦えません。

せめてユウくんを助けることだけはやり遂げました。

男性は、スライムさんと二人で魔ネズミを倒してしまいました。

弱っていた私たちは戻ってきた男性のことを警戒して身を固くしました。

ですが、男性は優しく声をかけてくれて、頭を怪我《けが》したユウ君を病院まで運んでくれました。

年上男性の名前は阿部秀雄《アベヒデオ》さん。

ちゃんと見ると、お父さんには全く似ていないスキンヘッドのオジサンでした。

だけど、優しくて、大きくて、頼り甲斐《がい》のある阿部さんは私を救ってくれた恩人です。

お礼がしたいと伝えて、ＭＡＩＮの交換をしてもらいました。

「私、よくやった」

小さくガッツポーズをして、私は自分を褒めてあげました。

◇

私は自分から積極的に阿部さんにメッセージを送るようにしました。

あれだけカッコよく私たちを助けてくれた阿部さん。

実は同時期に新人さんになった人でした。

ベテランさんではないのに、カッコよく私たちを助けてくれて、十匹の魔ネズミを倒してしまったんです。ますます凄い人だと思えました。いつか一緒に冒険したい。

そう思うようになった私は阿部さんにお願いすることにしました。

「臨時でいいので、うちのパーティーと行動を共にしてくれませんか？」

私の言葉に阿部さんは困ったような顔をしてましたが、考えた末に同行者ということで引き受けてくれました。

よくわかっていませんが、阿部さんが言うなら問題ないと思います。


日を改めて、一週間後に阿部さんと冒険ができます。

興奮している私にサエちゃんは苦笑いをして、ユウくんは面白くなさそうな顔をしていました。

男の子のユウくんは年上に指図されるのは嫌なのかな？　だけど、命の恩人だよ。

学べる機会を無駄にしちゃダメなんだよ。

なんとかユウくんに言い聞かせて、やっと一緒に冒険ができる日。

阿部さんがやってくると、ユウくんが阿部さんに気分を悪くさせる態度をとりました。信じられない。本当にユウくんは子供なんだから。

それでも阿部さんのスキルを聞いてユウくんも驚いていました。

凄いよね。魔物の位置と数がわかるって、本当に凄い。阿部さんの指示で冒険をすると、午前中だけでいつも以上に魔ネズミを倒すことが出来ました。

サエちゃんも阿部さんに話しかけて、雰囲気も良くなり、一緒に冒険したのは成功でした。

だけど、午後が始まる際に、またユウ君が三人でやらなくちゃダメと言ってゴネ出しました。

なんでそんなこと言うの？　凄く楽に冒険ができたのに。

ユウくんの意見に、今度は阿部さんも賛同して、午後からは三人で頑張ることになりました。

阿部さんは、危なくなったらコッソリと数が多いことを教えてくれて、なんとか無事に冒険を終えることができました。やっぱり阿部さんがいると安心します。

ずっと阿部さんがパーティーに参加してくれたらよかったのに、ユウくんのバカ。

三人で魔ネズミを倒していると、阿部さんの偉大さがわかります。

魔ネズミがいる位置と数が事前に分かって、気持ちが凄く楽になります。

身構える時間があって、戦う覚悟ができるのに、ユウ君のせいで、緊張の連続で余計に疲れてしまいます。

私のステータス

・名前：ミナト・シズカ
・年齢：十九歳
・討伐数：三十一
・レベル：二
・マジックポイント：二／三十
・職業：プリースト
・能力：回復魔法（極小）

レベル二になったときに身体強化を取って、最初の頃よりも戦うための力と体力はついた気はします。マジックポイントも増えました。

それでもやっぱり戦闘は緊張するし、恐いので疲れてしまいます。

もう疲れたので帰りたい。そう思っていると阿部さんが言ってくれました。

「そうですね。皆さんも冒険者として学びながら強くなっていくんだと思います。よい時間になりましたし、本日はもういいんじゃないですか？」

やっぱり阿部さんは大人の男性です。ユウ君とは大違いです。

私たちのことをよく見てくれています。

それなのに、ユウ君がまたも否定して、まだ戦うって、ハァ〜本当にしんどい。

ほったらかしにして、サエちゃんが死ぬのもイヤです。

そんなユウ君を阿部さんが叱ってくれました。

ユウ君は納得していない顔をしていましたが、私たちを見て、帰ると口にしてくれました。

やっぱり阿部さんに来てもらってよかった。やっと帰れる。

そう思っていたのに……。


『GYAAAAAAAAA‼』


地面が揺れるほどの魔物の叫び声。

誰よりも早く阿部さんは私たちを助けるために動いてくれました。

サエちゃんと私の手を引いて走り出してくれたのです。

だけど、ユウ君が足をもつれさせて転倒して、こんなときにも足を引っ張るユウ君に私も我慢の限界です。それでもサエちゃんが戻ろうとして、阿部さんに腕を掴《つか》まれました。

「危ない！」

阿部さんがいなければ、私たちは何度死んでいたかわかりません。

本当の絶望が現れました。

巨大な魔ネズミについて、初心者講習で習いました。

魔物の名前はビッグマウス。

レベル十以上の強さがあり、魔ネズミが進化した姿で、低レベルの私たちよりも強い魔物です。

初心者が出会ってしまうと死ぬ確率が高いイレギュラーな魔物。

目の前に降り立った瞬間に、恐怖で身動きが取れなくなりました。

阿部さんが逃げるように言ってくれても動くことができません。

そんな私たちを見た阿部さんは、ミズモチさんと一緒に戦い始めました。

阿部さんの攻撃が効いているようには見えません。

だけど、阿部さんは諦《あきら》めることなく、私たちから引き離そうとしてくれています。

ビッグマウスは知能が普通の魔ネズミよりも高いので、阿部さんを厄介な相手だと判断して、距離をとりました。距離をとって、ビッグマウスが降り立った位置にユウ君がいます。

もしもユウ君が殺されたらどうしよう？　助けなくちゃ！

助けなくちゃいけないのに、私は恐怖で体が動かなくて……。その時、大きな背中が私たちを隠してくれました。

ミズモチさんが飛んできて、ユウ君を守ってくれています。

私たちの前に、阿部さんがやってきて、接近戦で戦い始めました。

初めて会ったときのように、私のヒーローは強く勇敢に戦っています。

ああ、あの背中に頼りたい。ついていきたい。

ミズモチさんと阿部さんはレベルが上のビッグマウスを相手に二人で戦い切ってしまいました。

緊張と恐怖、そして阿部さんへの感謝で、私は阿部さんに抱きついて泣いてしまいました。

そのあとも阿部さんは、大人な対応で優しく頭を撫《な》でてくれて、私たちを応援すると言って、ビッグマウスの魔石を譲ってくれたのです。

どこまでカッコいいんですか？　お父さんなんかじゃない。

一人の男性として、素敵だと思います。

阿部さんが去っていった方向を呆然《ぼうぜん》と眺めていると、声をかけられました。

「ちょっといいかい、新人さん方」

そう言って私たちに話しかけてきたのは、少し怖い雰囲気をした二人のオジサンでした。

「はい？」

「冒険者ギルドの依頼でな。俺たちはB級冒険者なんだが、あっしは長《チョウ》って言うんだ。こっちが元《ゲン》さんだ。最近、魔ネズミの住処で行方不明者が出ていてね」

トレンチコートを着たオジサンの言葉を聞いて、私は納得しました。

あのビッグマウスによって、新人たちは殺されていたんだ。

私は阿部さんの勇姿を語らなければなりません。

あの優しくて素敵なオジ様が、如何《いか》にカッコ良かったのか。

ユウ君、サエちゃんも同じ気持ちだったようです。

阿部さんへの感謝と、勇姿を三人で語りました。

「そうか、それは悪いことをしたな。無事に帰ってこられて本当にオメエらは運がよかったな」

長さんは怖い顔をしたオジサンでしたが、私たちを心配して笑顔でそう言ってくれました。一緒にいた作業着を着た元さんと共に冒険者ギルドまで送ってくれて、阿部さんに続いて年上の冒険者に優しくしてもらいました。

ビッグマウスの魔石は、事件解決の報酬も上乗せされて、二百五十万になりました。

本来は長さん、元さんが受け取るものだったのですが。

「あっしらは何もしてないからね。苦労した人間が受け取るべきだ」

このお金は阿部さんが生み出してくれたものです。

半分を使って、みんなの装備を整えました。

残ったお金で、阿部さんへお礼の品を買おうと思います。

きっとお金は受け取ってもらえないから、何か阿部さんに贈りたいです。

二人も一緒にお礼をすると言ってくれました。

お金の使い方を三人で相談して、前よりも二人は冒険者として成長している気がして、阿部さんにまた一緒に冒険に来てほしいと思ってしまいます。

私にとって、阿部さんは二度も命を救ってくれたヒーローです。

第十話　年末の追い込み

寒い寒いと思っていたら、もう十二月も終わりに近づいて、雪が降ってきています。

仕事場は暖房が利いているので、夜になって降ってきたことに気づきませんでした。

年末の追い込み時期で、いつも以上に仕事が多いです。

「阿部《アベ》さん、この書類なんですけど」

さすがに、この時期はショールームの利用者はほとんどいません。

三島《ミシマ》さんも事務仕事の手伝いをしてくれているので、三人で追われるように送られてくる書類の整理をしています。声を掛け合うのも仕事の内容ばかりです。

「おう、やっているか〜」

この忙しい時に課長が登場して、全員の感情が一気にヒートアップします。

「どうした？　阿部〜、お前にプレゼントだぞ」

「プレゼント？」

「そうだ。もう少しでクリスマスだからな。ほら」

そう言って課長が置いたのは、今年中にやらなければいけない書類の束でした。

「なっ！」

「いや〜、渡そう渡そうと思っていたんだがな。まぁクリスマスプレゼントだと思ってやれよ。私は今から取引先で忘年会に呼ばれているんだ。それではな」

書類の束だけを置いて、自分は飲み会とは、随分と良いご身分ですね。

いつものことと言っても、この追い込み時期にやられるといつも以上に腹が立ってしまいます。

「あっ、阿部さん」

「阿部君」

お二人から心配そうな顔を向けられます。

「大丈夫です。私がやりますので。ただ本日は福利厚生ということで、ランチは好きな物を頼みましょう。名義は課長の名前で」

「あら、阿部君も悪ね」

「いいんですか？」

「どうせ、課長は見ませんから」

「いいわねぇ！　美味《おい》しいもの食べるぞ！」

「ニューバーで持ってきてもらいましょう」

さすがに横領するわけにはいきませんので、正式な福利厚生として申請を出しておきます。これは課長へのささやかな復讐《ふくしゅう》です。

◇

なんとか目処《めど》が立ち、日を越える前には終わらせられそうです。

三島さんはお子さんの関係で、先に帰られました。

矢場沢《ヤバサワ》さんにも声をかけなければいけません。

「矢場沢さん。残りは私がやっておきますので、どうぞ上がってください」

「もう少しでキリがいいので」

終電がなくなる前に出てくれれば良いのですが、私は追い込みをかけるために栄養ドリンクを飲んで気合いを入れました。ミズモチさんの姿が浮かびます。

本日は帰れないことを告げているので、ミズモチさんがお腹《なか》が空《す》かないように大量の食料をおいてきました。温かい食事を一緒に食べられないのは寂しいですね。

「ハァ、なんとかなりましたね」

積み上げられた書類をなんとか片付けることができました。

後は急ぎではないので、年が明けてからでもなんとかなりそうです。

「阿部さん」

「えっ？　矢場沢さん帰っていなかったのですか？」

「はい。つい集中してしまって。それに」

矢場沢さんの視線を追いかけると、雪が強くなっていました。

「あらら、家は暖房を付けてきましたが、ミズモチさん、大丈夫でしょうか？」

「スライムって、寒さに弱いんですか？」

「私が愛読しているアンジュさんという方のブログによれば、スライムさんたちは冷たくてジメジメしているところが好きだそうです。この間、お風呂場《ふろば》で空にした浴槽にミズモチさんを案内したら嬉《うれ》しそうにしていました」

あっ、ついミズモチさんの話をしてしまいました。

「ふふ、本当にミズモチさんが大好きなんですね」

「ええ。今の私にとっては心の癒やしです」

「これからお帰りになるんですか？」

「それが実は……」

「？？？」

私は年越し前になると、会社に泊まり込む勢いで仕事をします。

ただ、そのときに楽しみにしている店があるのです。

「実は、飲み屋を予約しています」

今年はミズモチさんとの時間を過ごしたいと思って、仕事をいつも以上に集中してやっていました。そのお陰で余計な仕事が残ることなく、時間を作ることが出来たのです。

「えっ？　こんな時間にやっている店があるんですか？」

「それが、深夜から営業を開始するおでん屋さんがあるんです。おでんとモツ鍋《なべ》を提供していて、そこでお酒を飲んで会社に戻ってきて寝るつもりでした」

「あの、私もご一緒してもいいですか？」

「えっ？　おでん屋さんにですか？」

「はい。阿部さんの行きつけの店に行ってみたいです」

予約しているので問題はありませんが、飲んで帰って寝るためのソファーがありません。

まぁ、タクシーを呼んで送ればいいですかね？

「わかりました。三島さんが帰ってしまいましたが、忘年会と行きましょうか？」

「はい！」

私は矢場沢さんと連れだっておでん屋さんに向かいました。

おでん屋さんまでの道のりだけでもスゴく吹雪《ふぶ》いていて。

「矢場沢さん大丈夫ですか？」

そっと風よけになるように寄り添います。

「ありがとうございます」

矢場沢さんも気付いてくれたのか、私の腕を掴《つか》んできました。

二人で寄り添いあって、おでん屋さんに入ります。

「いらっしゃい。おっ、阿部ちゃん。女の子連れかい？　いいねぇ、若い者は」

「オヤッサン。私は若くないですから、矢場沢さんに失礼ですよ」

「ガハハハ、あんたも良い男なんだけどな。お嬢さん、いらっしゃい。奥へどうぞ」

深夜にもかかわらず賑《にぎ》わっているおでん屋さんは、美味しいだけでなく、オヤッサンの人柄が繁盛の秘訣《ひけつ》だと思います。

「ここのおでんの大根が絶品なんです」

私はおでんの盛り合わせとモツ鍋を頼みました。

「同じで」

矢場沢さんも私に倣って一緒にモツ鍋を突《つつ》きます。

「美味しい」

「でしょ。ふふ、ここのは絶品です」

熱々のおでんに冷たいビール。寒い時期でも美味しいですね。

「こんな店を知っているなんてズルいです」

「はは、ミズモチさんが来る前はよく来ていたんですよ。ミズモチさんが来てからは、家に帰ることを優先していたので、私も久しぶりです」

美味しい食事に、美味しいお酒、目の前には若くて綺麗《きれい》な女性が座っている。

ふふ、昨年の私では考えられない状況ですね。

「うん？　何がおかしいんですか？　私の顔、変ですか？」

「変なんてことはありませんよ。むしろ、綺麗だと思っていますよ」

「へっ！　もっもう、こんな場所で何言ってるんですか、飲みすぎですよ」

舌っ足らずで飲みすぎなのは矢場沢さんだと思います。

前回の服脱ぎ事件もありますので、ほどほどに止《とど》めておいた方がいいかもしれませんね。

こうして一緒に飲んでくれる人がいるという、過ぎた幸せを噛《か》みしめてしまいます。

「矢場沢さんそろそろ帰りますよ～」

「まだ飲めますよ～」

この間のように我を忘れて飲んではいけませんからね。

今日はセーブしました。

「オヤッサン。タクシーは？」

「おう。外で待ってるよ。雪が積もりだしているから、早めに出な」

「ありがとうございます」

私は矢場沢さんに肩を貸して外へ出ました。

外は地面が凍り出して、足下がスベって危ないです。

頭はスベりませんよ！　ニット帽を装着済みです！

「すいません。二人で、よろしくお願いします」

「はいよ。地面が危ないからゆっくりいくよ」

「はい。矢場沢さん住所言えますか？」

「え〜、なんですか？　はは、私は矢場沢薫《カオリ》です」

「はい。わかってますよ。ハァ、すいません。ここに」

私は矢場沢さんを自分の家へ連れて帰ることにしました。

あっ、ちゃんとお酒が抜けてから送りましたよ。何もありません。

◇

《湊《ミナト》》『阿部さん。前回のお礼がしたいので、十二月二十五日は空けておいてください』
そんなメッセージが届いたのは、矢場沢さんと二人きりの忘年会をした次の日でした。
そういえば、本日は十二月二十四日でしたね。
クリスマスイブ、いつもの私には関係ないと思っていたイベントです。

ですが、本日はミズモチさんとケーキを食べる予定があります。

事前に一番大きなホールケーキを予約して、朝一で受け取ってきました。

今日は、湊さんも彼氏と過ごすのでしょうか？　明日はオジサンに時間を取ってもいいんですかね？　それにしても、私に予定がないと思っていますね。

もちろん、ありませんよ。

《阿部》『わかりました。何も予定がないので空けておきます』

虚《むな》しいです。ですが、若い女の子とクリスマスに予定ができました。

返した後に窓の外を見れば、雪が降って外は寒そうです。

エアコンも付けていますが、古いアパートで、スキマ風が入ってくるのでコタツが手放せません。

来週は今年最後の週になるので、仕事の最終チェックをして、年末年始はミズモチさんを連れて実家に帰ってお参りに行きたいと思っています。

あっ、そういえば魔法も使わないまま時間だけが過ぎてしまいました。

どうしても仕事が忙しくなると時間がありませんね。

「ミズモチさん、みかん食べますか？」

《ミズモチさんはプルプルしながら、はいと言っています》

やっぱりコタツにみかんは最強ですね。

私は冬になると、家では半纏《はんてん》を着る派ですよ。

「はい、剥《む》けましたよ。えっ？　皮も食べたいのですか？　ミズモチさんはなんでも食べますね」

ダンボールで田舎から送ってもらったみかんも、すぐに無くなってしまいました。

ここ三年は帰れていなかったので、今年は田舎へ帰ります。

一週間ほど、年末年始の休みがもらえそうなので。

「ミズモチさんもコタツが好きですか？」

ミズモチさんは私の横で体半分だけ、コタツ布団を被《かぶ》っておられます。

半分涼しく、半分温かく、ミズモチさんの好みはわかりませんが、一緒にコタツに入っているとホッコリしますね。

「今日は動くのが嫌なので、出前でも頼みましょうか？　近くにカツ丼が美味しいお蕎麦屋《そばや》さんがあるんですよ」

《ミズモチさんはプルプルしながら、はいと言っています》

「ふふ、ミズモチさんもお肉が好きですね。カツ丼はまだ食べたことがなかったですよね。それでは頼みましょう」

クリスマスイブで混んでいるのか、出前は一時間ほどかかりました。

ミズモチさんとカツ丼を堪能して、コタツでヌクヌクとしている間に昼寝をしてしまいました。

休みの日はミズモチさんとまったりします。

最近は休みの日も冒険者ギルドに行っていたので、こうしてまったりするのは本当に幸せです。

ずっと寝ていると体が固まってしまうので体を起こして、窓の外を眺めます。

いつの間に降り出したのか、ホワイトクリスマスが完成していました。

「今年も残り僅《わず》かですね。ミズモチさん」

《ミズモチさんはプルプルしながら、はいと言っています》

「ふふ、ミズモチさん、いつも感謝しております。今年はたくさんの良い思い出をプレゼントしていただきました」

ミズモチさんを抱き上げてると、プルプルとした体が気持ち良いです。

コタツに入っていたところが、いつもよりも温かくて、いつもとは違う温もりを感じます。

「ふぅ、三日間ほどご近所ダンジョンさんにも行けていないので、そろそろミズモチさんの魔力補充に行かないといけませんね」

《ミズモチさんはプルプルしながら、はいと言っています》

他のダンジョンに行く気は起きませんが、ご近所ダンジョンさんは近いのでいいですね。

「昼寝をして、コタツから出れましたので、少しだけ冷たい空気で頭をシャキッとさせましょう」

《ミズモチさんはプルプルしながら、はいと言っています》

私は冒険者装備を着込んでスーパーカブさんへ乗り込みました。

雪道は危ないのでスタッドレス仕様です。

ミズモチさんが入っているリュックがヒンヤリしているので、本日は暖かヒーターベストを着込んでいます。

背中でヒーターが付いて、私もミズモチさんも両方が暖かくなるように工夫しました。

「ご近所ダンジョンさんは、ここ数回は魔物が出ていないので、そろそろ危険かもしれませんね。水野《ミズノ》さんがAクラスダンジョンだと言っていました。ボスの魔物さんに遭わなければ問題ありませんよね？」

《ミズモチさんはプルプルしながら、はいと言っています》

「ふふ、ビッグマウスとの戦いは死闘でしたからね。出来れば、しばらくは戦いはお休みしたいです」

そんな私の願いを打ち砕くように小鬼が三体いました。

察知さんにも反応があります。

「ふぅ〜、ミズモチさん」

《ミズモチさんはプルプルしながら、はいと言っています》

「わかっています。行きましょう」

剣と盾、杖《つえ》、弓を持つ、武器を持った小鬼たち三匹。

私は大きく息を吸ってゆっくりと吐き出します。

「ミズモチさん。《ウォーター・アロー》」

私の指示によってミズモチさんの体から水で出来た矢が吐き出されました。

弓を持つ小鬼の脳天に突き刺さり、一撃で倒してしまいました。

「ミズモチさん凄《すご》いです！」

《ミズモチさんはプルプルしながら、はいと言っています》

私たちに気付いた小鬼達が『ギギギギ！』と叫び声を上げて、剣と盾を持った小鬼が近づいてきます。木で出来た杖を持つ小鬼が、何かをしようとしています。

「あれは、魔法？　小鬼も魔法を使うんですか？」

火の玉が浮かび上がり、剣を持って襲ってきた小鬼の後ろから魔法が放たれました。

「ミズモチさん！　《ウォーター・ボール》」

小鬼が放った火の玉と、ミズモチさんの水の玉が、ぶつかり合って水蒸気になりました。

「ビビりましたね！　《フック》」

剣と盾を持った小鬼が目の前に迫っていたので、足首に杖を引っかけて転がします。

レベルが上がったお陰なのか、私の動きもスムーズな気がします。

「《ダウン》」

私の《ダウン》を小鬼が盾で防いで立ち上がりました。

「やりますね。ならば、私も魔法を使わせてもらうとします。ミズモチさん。奥の小鬼をお願いします」

《ミズモチさんはプルプルしながら、はいと言っています》

「ふぅ、あなたは新たな力を手に入れた私に負けるのです。《ライト・アロー》」

私が魔法を唱えると、私の額が光り出して、頭から光の矢が小鬼に飛んでいきました。

「なぜに額⁉」

私の額から発せられた光の矢は小鬼の額に突き刺さり倒すことが出来ました。

ミズモチさんも魔法を使う小鬼を倒してくれたので、魔石と装備だけが残されました。

「このダンジョンに出てくる小鬼の装備は、全てドロップ品として残りますね」

初めての魔法を使った衝撃が大きく、ドロップ品が素直に喜べません。

久しぶりの戦闘で疲れてしまったので、家に帰ってからすぐに寝付いてしまいました。

もう考えることをやめたいと思うときもあるのですよ。

朝、目が覚めて……、昨晩のことを思い出せば……。

「どうして頭が光るのですか？」

普通は手から出ますよね？　もしくは杖からでしょ？　私の黒杖《こくじょう》さんからは魔法が出ないのでしょうか？　魔法使いさんって、杖もってますよね？　ハァ、なんなんでしょうね。

「もういいです。ミズモチさんの魔法も見れましたからね。ミズモチさんはあれだけ大量の水を吐き出していたのに、水餅《みずもち》サイズになっていませんね。どういう原理なのでしょうか？」

ミズモチさんが縮みました。

「ふふ、縮んでほしいわけじゃないんです。クリスマスに何も予定がないって、あっ、そういえば湊さんに予定を空けておいてほしいと言われていましたね」

私はスマホを取りました。

《湊》『今日のお昼にお会いしたいのですが？　いかがですか？』

おお、本当にクリスマスにオジサンと会ってくれるのですね。

お昼からなら、先に冒険者ギルドに行ってドロップ品を販売するのもありですね。

《阿部》『はい。大丈夫ですよ。どこに行けば良いでしょうか？』

よし。返信ができました。

《湊》『よかったです。それでは冒険者ギルドでお願いします』

おや？　冒険者ギルドですか？　ふむ、どうやらクリスマスは全く関係ないのですね。

《阿部》『承知しました。それではお昼に冒険者ギルドへ向かいます』

カリンさんいますかね？　水野さんにもあれ以降会っていないので、どうなったのか聞かないといけません。仕事が忙しくて色々とやらなければいけないことが残っています。

「ミズモチさん。出かけましょう！」

《ミズモチさんはプルプルしながら、はいと言っています》

ふふ、すっかりコタツがお気に入りです。コタツスライムって可愛《かわい》いです。

「本日の夕食は少し豪華にいきましょうね」

本日は冒険はしないので、装備は必要ありません。

ですが、杖を持ち歩くことは定番になってしまったので、折りたたみ杖とドロップアイテムをリュックに入れてコートを纏《まと》ってスーパーカブさん発進です。

ドロップ品で、リュックがパンパンで重たいです。

ミズモチさんには、ポケットに小さくなって入っていただきました。

冒険者ギルドに入ってインフォメーションを通ると、水野さんの姿がありませんでした。

クリスマスなのでデートですかね？　水野さんは美人さんなので仕方ないです。

ちょっと残念な気持ちになるのは、お気に入りの店員さんに会えなかった悲しさといった感じでしょうか。

「カリンさん、ドロップ品を持ってきました」

「おっ、久しぶりだね。鑑定するよ」
・小鬼の剣（状態：不良）　・小鬼の木の盾（状態：不良）　・小鬼の弓（状態：不良）　・小鬼の矢×５（状態：不良）　・小鬼の木の杖（状態：不良）
「どれも魔力量が多い。それに弓と矢がセットでそろっているから。よし、鑑定終わったよ」

前回が二品で二十五万でしたからね。

今回はどれぐらいになるのでしょうか？

「小鬼の剣が十万。木の盾はあまり需要ないから五万。小鬼の弓と矢のセットで十五万。小鬼の木の杖は二十五万だね。合計五十五万だよ」

いやいやいや、小鬼の剣は需要があるって前に言っていました。

それに弓と矢のセットが高いのもなんとなくわかるんです。

「どうして木の杖が二十五万なんですか？」

「うん？　ああ、杖が高い理由は魔力の伝達力が強いからだよ。初心者マジシャンとかは、木の杖しか買えないから、基本的に木の杖は人気なんだよ。その中でも阿部さんが持って来てくれたこいつは、かなり魔力量が多い上に伝達させる力が強い。ということは魔法に慣れていない子でも魔法が上手《うま》く使えて、消費魔力も節約できるからいいんだよ」

丁寧に説明してくれるカリンさんに冒険者カードを渡して入金してもらいました。

「そうだ。今日も何か買っていくかい？」

「あっ、いえ。今日は待ち合わせしているので」

「そっか、残念。まぁ必要な物があればいつでも言ってくれ」

「はい」

男前なカリンさんと別れて、私は待ち合わせ場所である冒険者ギルドの入り口へ向かいました。

そこには白いフワフワコートを着た、可愛い女の子が立っていました。

それはまるでドラマを演じる女優さんがテレビから出てきたような綺麗《きれい》な子でした。

「あっ、阿部さん。冒険者ギルドの中にいたんですね。メリークリスマスです」

「えっ？　私ですか？」

「うん？　ああ、そういうことですね。私、湊です。湊静香です。レベル三になったんです」

「はい？」

レベル三になった湊さんは、私の知る湊さんよりも、遥《はる》かに美人になっています。

元々可愛らしい人でしたが、なんでしょうか？　グレードアップしているのです。

「私も驚いているんです。レベルが上がったときに、もっと可愛くなりたいって願っていたみたいです。そうしたら、《魅力＋一》っていうスキルがあって、ほとんどのスキルポイントを使っちゃったんですけど思い切って取っちゃいました。そしたら自分史上一番可愛くなりまして」

湊さんが、某有名感動恋愛ドラマのメインヒロインをされている美人女優さんのような美少女になってしまいました。

元々可愛かったですが、なんだか輝いて見えます。

あれですかね？

私の発毛と同じで、レベルアップはその人の願望を叶《かな》えてくれているのでしょうか？

「阿部さん。私、どうですか？」

上目遣いに見上げてくる湊さんはあざと可愛いです。

オジサン、もう顔が真っ赤でどうしていいかわかりません。

ですが、湊さんが言ってほしい言葉を言わなければいけません。

「可愛いです。凄く」

「……まっ、まぁ分かっていますけどね。スキルの力ですよ」

湊さんの顔も赤いような気がします。

「湊さんは元々可愛かったので、より輝いただけですよ」

「そっ、そんなことはどうでもいいんです。今日は、阿部さんにクリスマスプレゼントを渡したくて」

「クリスマスプレゼントですか？」

「はい。でも、本当はこの間のお礼も兼ねています。ですから、私だけじゃなくて、パーティーとしてですが。受け取ってください」

そう言ってクリスマスプレゼントの包装をされた紙袋を渡されました。

「あっ、ありがとうございます。私、社会人になってクリスマスプレゼントを初めていただきました」

「ふふ、阿部さんの初めてをいただきました」

あっ、ヤバいですね。その微笑《ほほえ》みを見てしまうと惚《ほ》れてしまいます。

メチャクチャ可愛いです。

「あっあの、ここで開けても良いですか？」

「はい！」

包装を丁寧に外していくと、大きな服が現れました。

「これは？」

「ローブです」

「ローブ？」

「はい。冒険者の装備なんですけど。阿部さんって、胸当てとヘルメットしかしていませんよね。全身の装備はしていなかったので」

私のことを心配して選んでくれたんですね。

「ありがとうございます。着てみてもいいですか？」

「はい！」

私は上着を脱いで、いただいたローブを着てみました。

上下が一続きになっていて、袖《そで》のついたワンピース形式のゆったりとしたローブです。

思った以上に軽くて全身が包み込まれている安心感があります。

「うわ～、凄く似合っています」

「そうですか？」

「はい。神父さんみたいです」

スキンヘッド＋ローブ＝神父さん。

なるほど、クリスマスですもんね。

湊さんからいただいたローブは、一先《ひとま》ずリュックの中へ直させてもらいました。

◇

ランチがまだということで、湊さんとランチに向かうことにしました。

さすがはクリスマスですね。

どこもいっぱいで、入れたのは少し古びた喫茶店だけでした。

「ここでよかったのですか？」

「はい。阿部さんと行くならどこでも大丈夫です」

《魅力＋一》を取ったことで、美少女パワーがグレードアップした湊さん。

あざと可愛くて、ほとんどの男性は落ちてしまうと思います。

男性キラーという名の必殺技をゲットしたのですね。

私、胸がドキドキしっぱなしです。

「すいません。注文良いですか？」

私が問いかけるとコワモテのマスターがこちらを見ました。

なかなかに迫力のあるマスターで、こちらを見ただけで何も言ってくれません。

「湊さんは何にしますか？」

「今日は白い服を着てきたので、服に飛ばない食べ物がいいです」

白いフワフワコートを脱ぐと、白いニットワンピースが出てきました。

これがまた、メチャクチャ可愛いのです。

「それではサンドイッチなどいかがですか？」

「いいですね。私タマゴサンドが好きです。あとホットレモンティーにしようかな？」

湊さんは紅茶派なのですね。私はコーヒーの方が好きです。

「タマゴサンドは美味しいですよね。私はハムサンドにしようかな。ミズモチさんにはカツサンドを作ってもらいましょう。すいません。タマゴサンドとハムサンド。あと、カツサンドを三皿、それにコーヒーとホットレモンティーをください。ありますか？」

「…………あるよ」

あれ？　あのドラマに憧《あこが》れている人かな？

「では、お願いします」

「…………はいよ」

普通の返事もしてくれるんですね。

あのドラマのマスターは「あるよ」しか言っていなかったように思います。

「なんだか雰囲気のあるマスターさんですね」

「ですね。でも、私は嫌いではありません」

「私もです」

小声で湊さんと話すのは楽しいです。

なんだか、恋人になった気分です。

これがレンタル彼女というやつでしょうか？　オジサンなのでパパ活？　でも、プレゼントをもらいましたので、どうなのでしょうか？　あとから高額請求をされませんよね？

いやいや、湊さんはそんな悪い子ではありませんよ。

「阿部さん、変な顔をしてますよ」

「あっいや、色々と今の状況を考えてしまって。そういえば、ローブ、高かったのでは？」

「実は、阿部さんにいただいたビッグマウスの魔石のお陰なんです」

「魔石のお陰ですか？　はて？　ビッグマウスと言っても、魔ネズミの魔石なので、それほど高くないはずですよね？」

「はい。ビッグマウスの魔石はそれほどの価値はなかったです。でも、今回は冒険者ギルドからB級冒険者さんに正式な指名依頼が出ていたんです」

そういえば水野さんが、私以外にも高ランクの冒険者に依頼していると言っていました。

「指名依頼は、普通の依頼料よりも金額が高くなるそうです。高位冒険者さんに支払われるはずだった報酬を、私たちに譲ってくださったんです」

「ええ！　そんな優しい冒険者の方がいるんですか？」

「ふふふ、最初にそれをしてくれたのは阿部さんですよ」

「え？　私？」

「そうです。阿部さんが私たちにビッグマウスの魔石を渡してくれた事を聞いたB級冒険者さんが、なら俺たちも譲ると言い出して、冒険者ギルドも魔石があったから信じてくれたんだと思うんです」

なるほど、あの魔石が巡り巡って湊さんたちに幸福をもたらしたのですね。

それが、私へのプレゼントに繋《つな》がったというわけですね。納得です。

それでも恩を返そうと思ってくれる、湊さんたちは律儀ですね。

「お役に立ててよかったです」

「お役になんて、阿部さんは私たちにとって、命の恩人です」

命の恩人は大げさだと思いますが、そう思っていただけるならミズモチさんと頑張った甲斐《かい》があります。

「……はいよ」

マスターが持ってきてくれたサンドイッチは絶品でした。

タマゴサンドと、ハムサンド、それにミズモチさんのカツサンドをシェアして交換したのですが、タマゴサンドにはクリーミーな甘さが隠し味で使われていて、ハムサンドには辛子マヨネーズが使われているようです。

カツサンドはボリュームがあり、それぞれの味の変化がとても美味しかったのです。

「ここ、穴場ですね」

「ですです」

おいしさを噛《か》みしめることが出来て、また来たいと思える店でした。

ミズモチさんも気に入った様子で追加のカツサンドを作ってもらいました。

「お昼をご馳走《ちそう》になってしまってすみません」

「いえいえ、私こそこんなにも素敵なプレゼントをいただいてありがとうございます」

「阿部さん、二度も助けていただきありがとうございました。阿部さんが困ったときは、どこにいても必ず駆けつけます。ですから、私は阿部さんに頼られるような冒険者になります」

「はは、私はそこまで冒険者に重きは置いていませんが、困ったときはお願いします」

「はい。また、一緒に冒険しましょうね」

「わかりました。機会があればお願いします。それでは」

湊さんとの楽しいクリスマスデートを終えて、私は冒険者ギルドへ戻りました。

まさか、女性とプチデートができるクリスマスが私に訪れるとは、これもミズモチさん様々ですね。

インフォメーションを訪れると、サンタコスを着た水野さんがおられました。

「水野さん、お久しぶりです。メリークリスマス」

水野さんに声をかけると、サンタコスを着て恥ずかしそうにされていました。

「阿部さん！　もう、こんな衣装を見られるなんて」

「凄《すご》く可愛いと思いますよ」

「阿部さんって、そういうことをサラッと言えてしまうんですね。意外にプレイボーイですか？」

「いえいえ、彼女もできたことがありません」

「えっ？」

あっ、これは女性に引かれてしまう話題でしたね。

「そう……ですか。彼女はいないんですね」

おや？　思っていた反応と違います。引かれていないようでよかったです。

「そういえば、この間の件は決着がついたみたいですね」

「そうなんです。阿部さんが、若い子たちに手柄を譲ったことになっています」

「はは、私は別に」

「もう、阿部さんは人が良すぎます。そうだ、これ、支給品なんですが」

水野さんがクリスマスプレゼントの包装がなされた小さな箱を渡してくれました。

「これは？」

「冒険者の皆さんにギルドからクリスマスプレゼントです。大したものではありませんが、携帯クッキーです。少しだけ魔力が回復するそうですよ」

今日は本当に良い日ですね。

クリスマスプレゼントを二つもいただきました。

白くてフワフワした湊さんに、サンタコスの水野さんはどちらも可愛かったです。

はぁ、幸せな一日です。

「ミズモチさん。出かける前にお話しした通り、ドロップ品を売ってお金ができましたからね。夕食は豪華なレストランを予約しているんです」

クリスマスのホテルは家族連れが多い中で、私は個室を借りてミズモチさんとプチクリスマスパーティーです。

ホテル側にお願いして、ミズモチさんが泳げるほど大きなクリスマスケーキを作っていただいたのです。それだけではありませんよ。

回転テーブルには、七面鳥を丸々一匹。他にもクリスマススペシャルメニューのフルコースです。

「ミズモチさんには、私からプレゼントです」

ミズモチさんをテーブルに下ろして、サンタ帽を被せます。

サンタ帽ミズモチさん、やっぱり可愛いです。

プルプルと震えると、サンタ帽が一緒に揺れています。

「ふふ、やっぱり私のサンタさんはミズモチさんですね。今日もいっぱい美味しい物を食べましょうね。ミズモチさんが満足してくれるように豪華なメニューを用意していただきましたから」

稼いだお金で、ミズモチさんと豪遊できるとは良い日ですね。

◇

本日は自由出勤日です。

年末の追い込みもほとんど終わりを迎えました。

仕事を終えて、一人でおでん屋さんでお酒を楽しんでいます。

矢場沢さんと来たことで美味しさを思い出してしまいました。

今日はおでんの盛り合わせを、ミズモチさんにお持ち帰りする予定です。

ふと、店の戸が開き、凄みのある二人組が入ってきました。

狭い店内は二人の雰囲気で一時、笑い声が止まって静寂に包まれます。

「おい、あんたらは客か？」

オヤッサン、凄いです。

明らかに裏のお仕事の人たちですよ。よく話しかけられますね。

恐怖耐性のおかげでしょうか？　あまり恐くありませんでした。

ですが、関わり合いにはなりたくないですね。

「ごめんなさいよ。オヤッサン、あっしらは別に悪い者じゃないんだ。ちょっとそこで美味《うま》そうなおでんを食っている御仁に話を聞きたいだけなんだよ」

そういって指を差されたのは紛れもなく私でした。

「……わかった。奥を貸してやる。だが、おでんと酒は頼め」

「くくく、ありがてぇ。外は随分と冷え込んできなすったんでね」

トレンチコートにシルクハットを被った男と、この寒い中でも繋ぎの作業服を来た角刈りの男性に促されて、私はオヤッサンが用意してくれた奥の個室へと入りました。

私も使うのは初めてですが、六人程度が入れるぐらいの座敷に、私よりも年上のお二人と向かい合います。

「ごめんなさいよ。お仕事終わりに伺おうと思ったんですがね。ちょっと、こちらも忙しくて遅くなったところ、あなたがここに入るのを見かけたんですよ。待とうと思ったんだけどね、外の寒さと良い匂いに入ってきちゃいました」

トレンチコートとシルクハットを脱いだ男性は、六十歳ぐらいで鋭い目つきをしておられました。その筋の方だとお見受けしますが、迫力があります。

隣に黙って座っている白い髪を角刈りに切りそろえた男性は、作業着の上からでも腕が太く鍛え上げられていることが分かる体つきをされています。

土木関係というよりも、そっちの仕事をされているという方が納得出来てしまいます。

お二人の雰囲気は明らかに……。

「ああ、まずは名乗ることからしましょう。あっしはBランク冒険者の長《チョウ》と申します。これでも元刑事でね。引退後に冒険者を始めたら、いつの間にやらBランクまで昇りつめてしまいました」

警察の方でした。別に悪いことは何もしていませんが、鋭い目つきはそういうことですか、納得してしまいました。

「そんで、こっちのゴツイのが元《ゲン》さんです。あっしの相方です。息子さんが冒険者をやるというので、大工の片手間で手伝っている間にBランクになっていたそうです。今では年が同じなので、良き相棒として行動しています」

この二人が同い年なんですか？　いくつかはわかりませんが、警察を引退されているということは結構なお年では？　それでも転職されて活躍されているのは凄いですね。

「こっ、これはご丁寧に、Dランク冒険者の阿部秀雄《ヒデオ》です」

「どうも。今日は魔ネズミの住処《すみか》事件についての調査の一環でしてね」

なるほど、湊さんが言っていたBランク冒険者というのは、このお二人でしたか。

冒険者をされているからか、年齢の割に若く見えます。何よりも加齢臭《かれいしゅう》がしません。

香水をつけておられるのか、仄《ほの》かに紳士的な薫りがして、ちょっと憧れます。

「おでんと酒だ。温まりな」

頃合いを見計らったように、三人分のおでんと熱燗《あつかん》を持ってきてくれました。

さすがはオヤッサンです。

「おっと、ありがとうございますよ」

鋭い目つきをした長さんは、お猪口《ちょこ》でチビチビと熱燗を楽しみ。

筋骨隆々の元さんは、徳利《とっくり》ごと飲んでおられます。

私は飲み終えたビールのコップをオヤッサンに渡して、おかわりをもらいます。

「おや？　寒くはありませんか？」

「ビール党なんです」

「ふふ、歳《とし》を重ねると、こだわりが出来るものですな。それにしてもここのおでんは美味い。元さん、また来ましょう」

黙っていた元さんはいつの間にか、私が飲まなかった熱燗を飲んで、さらに五本も徳利を飲み終えていました。

おでんのおかわりまでしていて、本当に年上なのか疑いたくなるほど豪快です。

「はは、気に入ったようです。それで話を聞いても？」

「ええ、酒の肴《さかな》程度に聞いてください」

お二人がおでんと熱燗を飲み食いしている間に、私はビッグマウスと出会った時のこと、そして事前に洞窟《どうくつ》の門番として見ていた話をしました。

「なるほどね。いやいや、本当に災難でしたな」

「いえいえ、私が助かったのは運がよかっただけで」

「そうかもしれませんが、あなたにはあっしらと同じ匂いを感じるんですよ。いつの日か仕事を共にする気がしますね。あっ、ここの払いは我々が」

「えっ？　そんな」

「ふふ、これでもいい歳をしていますので、若者に奢《おご》りたいのですよ。Bランクは稼ぎがいいですからね」

トレンチコートにシルクハットを被った長さんが、勘定を払ってくれました。

元さんは大量の飲み食いをされてお店に貢献されています。

私は微々たる物でしたが、お二人でかなりの額をオヤッサンに渡していたのは迷惑料も入っていたのかもしれません。

「あんな大人の男性になりたいものですね」

勘定が浮いたので、タクシーでミズモチさんの下へ帰りましょう。

明日は仕事納めです。

◇

日を跨《また》ぎ、本日で今年度の仕事も最後になります。

十二月に入ってから、課長が来たのは余計な仕事を増やした一度きりです。

おかげで順調に仕事を終えることが出来ました。

「皆さん、今年も一年お疲れ様でした」

「「お疲れ様でした」」

課長に代わって、最後の挨拶《あいさつ》をします。

三島さんと矢場沢さんから、挨拶が返ってくるので嬉《うれ》しいですね。

昨年までは、一人で仕事納めをしていた記憶しかありません。

順調に年末の仕事納めをすることが出来たので、今年は皆さんの顔色も良くて、気持ちよく年越しを迎えられそうです。

「さぁ、年末年始は飲むぞ～」

三島さんはお酒が好きです。早々に帰宅準備を終えて帰っていかれました。

「阿部さん」

「どうしました矢場沢さん？」

「もしよかったら、晩ご飯を一緒に食べに行きませんか？」

最近は矢場沢さんと食事を取るのも、不思議なことではなくなりつつあります。

二ヶ月近くランチを一緒にしているおかげですね。

「いいですね。今日は遅くならない程度に」

「ふふ、そうですね。阿部さんに、いつも奢ってもらっているので、今日は私の行きつけで奢らせてください」

「おっ、それはありがたいです」

ボーナスをいただいたので、矢場沢さんの懐も温かいのかもしれませんね。

奢られるのは気が引けるので、こっそり出してもいいです。

今は彼女の顔を立てることにしましょう。

それに、矢場沢さんがどんなお店に行くのか気になります。

「おや、ここは？」

「ご存じですか？」

「いえ、入ったことはないのですが、気になっていたんです」

電車で家の近くまで戻ってきた私たちは、駅近くにある焼き鳥屋さんに向かいました。

L字のカウンター席しかないので、広い店内ではありません。

若いご夫婦が経営されていて、外から見ても焼き鳥屋さんにしてはオシャレな感じがします。

オジサンとしては、オシャレなので入るのを躊躇《ためら》うお店でした。

「実は、私の友人が経営しているんです」

「ほう、矢場沢さんのご友人がされているのですか？　それはいいですね」

矢場沢さんの友人にお会いできるのは不思議な気分です。

対人恐怖症の矢場沢さんの友人と聞くだけで、良い人だと勝手に思ってしまいます。

店内に入ると予約席ということで二席が空けられておりました。

L字カウンターの一番奥に当たる、二席に私と矢場沢さんが座ります。

「阿部さん上着を」

「ありがとうございます」

矢場沢さんがハンガーに上着を掛けてくれました。気遣いの出来る女性って素敵ですね。

矢場沢さんの性格は素敵なので、化粧を変えれば男性がいくらでも寄ってくると思うのですが、対人恐怖症では仕方ありませんね。余計なお世話です。

「いらっしゃいませ、何を飲まれますか？」

チャキチャキとした元気な女性からおしぼりを渡されました。

小柄で可愛らしい女性です。

「あっ、それではビールを」

「アルヒとビリンがありますが？」

「アルヒでお願いします」

「カオリちゃんも同じでいい？」

「うん」

「はいよ」

名前で呼んでいるところを聞くと彼女が、矢場沢さんの友人さんですね。

二人の雰囲気が良いので、矢場沢さんにも心が許せる方がいてよかったです。

「あの子が、友人の平田悠里《ヒラタユウリ》ちゃんです」

「ふふ、言葉を交わさなくても分かり合っている感じが友人同士でいいですね」

「そうですか？　私はこの辺りの出身なので、田舎がないのが寂しいです」

「そうだったんですね」

「阿部さんは出身はどこですか？」

「私は大阪府なんです。枚方《ひらかた》ってとこなんですが、ご存じですか？」

「すみません。わからないです」

「ですよね。他県の方だと読めない人もいるそうです」

私は漢字を書いて見せました。

「確かにひらかたとは読めませんね。まいかた？」

「でしょ。でも、この話をすると感心されるので鉄板ネタです。まぁ他の県でも読めない市って多いですよね」

他愛ない話をしても会話が途切れることなく話が出来るのは、日々のランチでお弁当を作ってもらって話をしているからですかね。

私とミズモチさんについて一番知っているのは矢場沢さんかもしれません。

「阿部さんって色々と面白い人だったんですね？」

「私、面白いですか？　初めて言われました」

「そうなんですか？」

「盛り上がっていますね」

焼き鳥盛り合わせを持ってきてくれた平田さんに声をかけられました。

「もっ、もう、ユウリ。余計なこと言わないで」

「え〜、楽しそうだったから」

「はい。矢場沢さんと話すのは楽しいです」

「おっ、阿部さん、ノリがいいですね」

「もう、阿部さん。ユウリの悪ノリに付き合わなくてもいいです」

おやおや、信じてもらえていないようですね。

よし、ここは一つ。いつもの礼を述べておいた方がいいでしょう。

今年も最後ですからね。

「いえ、私は本当に矢場沢さんと過ごす時間が楽しいと思っていますよ。矢場沢さんが職場で話しかけてくれた日から、職場の雰囲気が良くなりました。一緒にランチを取って、お弁当を食べて、私は幸せを感じられるようになりました。今では、会社に行くのが凄《すご》く楽しくなっています。矢場沢さんには感謝してもしきれないほどで、ずっとお礼を言いたいと思っていました。いつもありがとうございます」

私は少し照れくさくなって、最後は早口になってしまいました。

あれ？　私、変なこと言いましたか？　二人から何も言葉が返ってきません。

「ねぇ、阿部さんってさ」

「ユウリ。ハウス」

「はいはい。カオリも苦労するね」

何やら二人で納得したように会話を終えられてしまいました。

「私、変なこと言いましたか？」

「いえ、何でもありません。お礼を言われるとは思っていなかっただけです」

「そうですか？　いつも感謝しております。矢場沢さんが会社にいてくれてよかったです」

その後は何故《なぜ》か矢場沢さんがあまり話してくれなかったので、焼き鳥をいっぱい食べて店を出ました。

「改めて今年一年お世話になりました」

結局、ご馳走《ちそう》になってしまいました。

「こちらこそ、お世話になりました。来年もよろしくお願いします」

「はい、よろしくお願いします。それでは良いお年を」

矢場沢さんと別れて歩き出そうとして……。

「阿部さん」

「はい？」

「良いお年を」

「はい、矢場沢さんも良いお年を」

本当に良い年でしたね。そうだ。

気分がいいので、今日はミズモチさんとご近所ダンジョンさんに行きましょう。

自宅に帰る前に買い物をして、スーパーカブさんに乗れないので、タクシーでご近所ダンジョンさんに向かいました。

タクシーには待っていただき、ご近所ダンジョンさんに向かいます。

「ミズモチさん、今年はこのご近所ダンジョンさんにお世話になりましたからね。お礼を言っておきましょう」

《ミズモチさんはプルプルしながら、はいと言っています》

「ふふ、鏡餅《かがみもち》とお酒、お肉にミカンをお供えしてと」

私はダンジョンの中にあるボス部屋の前に飾り付けをして、手を合わせました。

「今年一年お世話になりました。こちらのダンジョンのお陰でミズモチさんの魔力が補充出来て元気に過ごせています。私も色々大変な目に遭いましたが、来年もよろしくお願いします」

《ミズモチさんはプルプルしながら、はいと言っています》

「ふふ、ミズモチさんもお礼を言えましたか？　それでは帰りましょう。少し早いですが、明日からは私の実家に行こうと思うので、ついてきてくださいね」

《ミズモチさんはプルプルしながら、はいと言っています》

さて、家族にミズモチさんをどうやって紹介しましょうか？

幕間　気になるオジサン

《side 矢場沢薫《ヤバサワカオリ》》

幼い頃、母が作ってくれた料理の中で、覚えているのはシチューです。

私の家では、シチューはスープとして定番メニューでした。

他の料理は、全て叔母に習った料理ばかりです。

叔母は料理上手で、全て美味《おい》しいと自信を持って言えます。

「凄い豪華ですね。オカズにシチューですか？」

「あっ、阿部《アベ》さんの家ではシチューをスープと思わない派ですか？」

「えっ？　シチューがスープ？」

「ふふ、高校のときにシチュー論争をしたりしませんでした？」

「シチュー論争？」

世代が違うからかな？　シチュー論争しなかったのかな？　私が作った料理を本当に美味しそうに笑顔で食べてくれる姿が、なんだか可愛《かわい》く見えました。

「本当に美味しかったです。ありがとうございます！」

美味しそうに食べてくれて、お礼を伝えてくれます。

ふふ、そんなに喜ぶことかな。

仕事の時は毎日、阿部さんにお弁当を作ってあげることにしました。

自分の分を作るついでですよ。

それからはランチを一緒に過ごすようになりました。

◇

そんな日々はなんだか楽しくて、仕事の話やミズモチさんの話を聞いていると、すぐにランチの時間が終わってしまうんです。こんなことって、初めてだな。

人が嫌いで、他の人といるだけで、疲れていたのに。

阿部さんといると全然疲れなくて……。

むしろ……、落ち着いて笑っている自分がいました。

「あんたそれ、恋じゃないの？」

焼き鳥屋トリスキは、私の古い友人である平田悠里《ユウリ》ちゃんが女将《おかみ》さんをしています。

子供の頃からの幼馴染《おさななじみ》だから、私の辛《つら》い時も知っていて、事情をわかってくれます。

店主さんに一目惚《ひとめぼ》れして、ユウリの方から口説き落としたそうです。

今では結婚して、仕事の手伝いをしています。

私が唯一、一人で外食できる店でもあります。

ここに来ると、最近の出来事を話してしまうので、つい阿部さんの話が増えてしまって。

「恋？　あのオジサンと？　う～ん、なんか違うような気がするんだけど。見ていて面白いって感じかな？」

「まぁ、歳《とし》が一回りも違うからね。恋なのかは私もわからないや」

恋と言われてもピンと来ません。

この歳になって恋？　するのかもしれませんが、もう何年もドキドキしていないのでわかりません。

◇

そんな日々が続いていくと、ドキドキはなくても安心感を覚える自分には気付きました。

年末に差し掛かり、仕事の追い込み時期。

いつも阿部さんが一人で仕事を抱え込むので、私は手伝うために仕事に集中していると、いつの間にか終電近くになっていました。

急いで走れば、間に合うかもしれませんが……。

「これからお帰りになるんですか？」

「それが実は……」

「？？？」

外は凄く吹雪《ふぶ》いているので、駅まで走るのもめんどうな状態でした。

私と一緒に外を眺めていた阿部さんが雪に気づいてくれました。

「実は、飲み屋を予約しています」

困っていた私に阿部さんが意外なことを発言します。

「えっ？　こんな時間にやっている店があるんですか？」

「それが、深夜から営業を開始するおでん屋さんがあるんです。おでんとモツ鍋《なべ》を提供していて、そこでお酒を飲んで会社に戻ってきて寝るつもりでした」

いつも一人で仕事を抱え込んでいるんですね。

課長に仕事を押し付けられていました。

「あの、私もご一緒してもいいですか？」

「えっ？　おでん屋さんにですか？」

「はい。阿部さんの行きつけの店に行ってみたいです」

会社でお酒を一緒に飲めればいいかなって思っていたので、私は阿部さんの周到さに感心してしまいました。

「わかりました。三島《ミシマ》さんが帰ってしまいましたが、忘年会と行きましょうか？」

「はい」

外に出ると風が強くて視界も悪く、不安な私の前に阿部さんが、そっと風よけになってくれました。私は阿部さんの腕を掴《つか》んで、一緒に歩きます。

腕を持っているところが熱く感じて、なんだか凄く安心できるんです。

連れていってもらったおでん屋さんは本当に美味しくて、ついつい飲みすぎてしまいました。阿部さんがタクシーを呼んでくれて、もしかしたら私、お持ち帰りされるのかな。

意識は朦朧《もうろう》としながら、もしも、阿部さんが私を求めるなら……。

酔いが覚めてから、普通に家に送ってもらいました。

◇

「それって、脈なし？　それともありなの？」

ユウリの言葉に、私もどっちなのか不明としか言えません。

だって、いい歳した男性ですよ。

私もいい歳をしているので、そんな二人が一つ屋根の下で、しかも私は酔って男性の家にお持ち帰りされたのに、何もされないって紳士すぎるでしょ。

「よし。一回ここに連れてこい！　私が見定めてやる」

「え〜！」

「あんたも奥手なのに、向こうも奥手じゃ進まないじゃん。私が背中を押してやる」

「まっ、まぁ機会があれば」

そんな日が来るのかわからないと断言はできませんでした。

そう思っていたら、仕事納めの日に二人きりになることが出来ました。

私は思い切って誘うことにしました。

「いいですね」

阿部さんが快く応じてくれたので、私はユウリに阿部さんを紹介することにしました。

ユウリがからかうように二人の仲を茶化してきて、後押しをしようとしてくれます。

まだ、好きかどうかもわからないのに、くっつけようとするのはやめてほしい。

まだ私は人が怖い。阿部さんはそれに対して真摯《しんし》に私への感謝を伝えてきました。

「いえ、私は本当に矢場沢さんと過ごす時間が楽しいと思っていますよ。いつもありがとうございます」

そっ、そんなに丁寧にお礼を言って褒めないでください。

恥ずかしい！　ユウリがニヤニヤとした顔でこっちを見ています。

「ねぇ、阿部さんってさ」

「ユウリ。ハウス」

これ以上余計なことは言わせません。

結局それからは恥ずかしくて、あまり話せなくて、焼き鳥とお酒を飲んでも味がわかりません。

隠れて阿部さんがお金を払おうとしていたのを、ユウリに協力してもらって阻止しました。

「阿部さん」

もしかしたら、この後も……。

振り返る阿部さんを私は誘うことが出来ませんでした。

「良いお年を」

「はい、矢場沢さんも良いお年を」

そう言って帰っていく阿部さんの背中を見つめました。

「あれだね。紳士というよりも、超鈍感？　自分なんて女子に相手にされるはずないって思っているタイプだね。あんた自分からいかないと絶対無理だよ。私を見習いな」

ユウリが店を指さして店主さんを落としたときのことを言っています。

「うん」

「ハァ、カオリ。あんた一度自分の顔を鏡で見た方がいいよ。物凄《ものすご》く……」

ユウリが何かを言いかけてやめてしまいました。

だけど、今の私は、阿部さんからもらったお礼で胸がいっぱいです。

エピローグ　実家に帰ろう

今シーズン一番の寒さが到来しました。

今年も雪が綺麗《きれい》に積もっています。

「ミズモチさん見てください。雪ですよ～」

窓の外に広がる真っ白な世界は、とても幻想的です。

《ミズモチさんはプルプルしながら、はいと言っています》

ふふ、ミズモチさんも喜んでくれています。

「雪はとても冷たいのですが、知っていますか？」

《ミズモチさんはプルプルしながら、いいえと言っています》

「今日はご近所ダンジョンさんに散歩に行って、入り口で雪遊びでもしましょう」

色々と準備してから出発です。

スーパーカブさんを、スタッドレスバージョンに変えていてよかったです。

道路は車が走るおかげで雪が退《の》けられていますね。

それでもスベってしまうので、安全運転の低速走行です。それでも、四十分ぐらいでご近所ダンジョンさん前にやってまいりました。

ご近所ダンジョンさん、お邪魔します。

「やっぱりこの辺りは山ですから、下の道路よりも多くの雪が積もっています」

《ミズモチさんはプルプルしながら、はいと言っています》

「ふふ、ミズモチさん。雪がフカフカしていますね」

ミズモチさんが雪に埋まっておられます。

透明なので、白い雪の中で埋まると見つけるのが大変ですね。

あっ、雪を食べ始めました。

「冷たいでしょ。あまり食べすぎないようにしてくださいね」

《ミズモチさんはプルプルしながら、はいと言っています》

ゴロゴロと雪の中を転げ回り、時に雪を食べて遊んでおられます。

「ミズモチさん、冷たいのは大丈夫ですか？」

《ミズモチさんはプルプルしながら、はいと言っています》

楽しそうに遊んでいる姿は微笑《ほほえ》ましいですね。

私はミズモチさんのパワフルさについていけません。

「ご近所ダンジョンさんは、やっぱり誰も来ていませんね」

走り回ることができないので、私はしゃがんで雪玉をたくさん作りました。

「ミズモチさん行きますよ！　ほい！」

私がミズモチさんに向かって雪玉を投げると、当たる前に食べて消化してしまいました。

「ふふ、ナイスキャッチです。本日はシロップを持ってきましたよ」

飛び散らないように、雪玉に少なめでシロップをかけます。

一投目は、イチゴからです。

「えい！」

《ミズモチさんはプルプルしながら、はいと言っています》

「おっ、味を気に入ってくれましたか？　次はレモンです」

《ミズモチさんはプルプルしながら、はいと言っています》

ふふ、雪合戦をしようと思いましたが、いつもの水遊びが、雪遊びに変わりました。

「そうだ。ミズモチさん新しい魔法を使ってみてください！」

《ミズモチさんはプルプルしながら、はいと言っています》

「ミズモチさん、《ウォーター・アロー》！」

私が魔法を唱えると、ミズモチさんから水の矢がご近所ダンジョンさんへ向かって飛んでいきます。早くて威力も増しているように感じました。

「なんだか凄いですね。まるで水のミサイルのようでした。次は、《ウォーター・カッター》」

水の刃《やいば》が広範囲でご近所ダンジョンさんへ飛んでいって壁を傷つけます。

「うわ〜、凄いですね！　絶対に強くなってますよ」

《ミズモチさんはプルプルしながら、はいと言っています》

「凄く強そうです。今度は私の新必殺技をお見せしましょう。光なので反射を利用した屈折魔法。どこに飛ぶかわからないアベライト乱反射バージョン！」

ご近所ダンジョンさんの凍った壁を反射して、光が乱反射して奥へと飛んでいきます。

本日は入り口の外から魔法を使って、消費したら入り口に座って魔力回復です。

「ミズモチさん、冷たいですね」

私の膝《ひざ》に乗ったミズモチさんを抱きしめていると冷たくて、鼻の中に雪のヒンヤリとした匂いが入り込んできました。

「いっぱい動いたので疲れましたか？」

《ミズモチさんはプルプルしながら、いいえと言っています》

「今日はここで昼ご飯を食べようと思って、お弁当箱を持ってきました」

温かいスープを入れておく保温が出来るお弁当箱を、矢場沢《ヤバサワ》さんが見せてくれたので、私も購入してみました。

ミズモチさんと遠征に行くときに使おうと思っていたのですが、私の会社状況では無理ですね。

「はい。温かいお茶です」

水筒のお茶を冷まして、ミズモチさんの前に置きました。

お弁当にはおにぎりを四つと、お味噌汁《みそしる》の簡単メニューです。

他にもミズモチさん用に魚肉ソーセージとアンパンを持ってきました。

「ふぅ～、たまにお外で食べるご飯も美味《おい》しいですね」

《ミズモチさんはプルプルしながら、はいと言っています》

ミズモチさんとのピクニックは楽しくて、幸せですね。

《ＧＹＡＡＡ！》

私たちが食事を終える頃に、察知さんが反応しました。

ご近所ダンジョンさんの奥から、小鬼が二体やってきました。

なぜか、物凄く怒っています。

先ほどご近所ダンジョンさんに魔法を撃っていたからでしょうか？

ですが、私はダンジョンの入り口にいますからね。いつでも逃げられるのです。

「ミズモチさん。戦いますか？」

《ミズモチさんはプルプルしながら、はいと言っています》

「わかりました。ミズモチさん、《ウォーター・カッター》！」

ミズモチさんが魔法を放ちます。

小鬼が払い除《の》けようとしましたが、そのまま小鬼を切り裂きました。

どうやら、威力が上がったようです。

「アベライト乱反射バージョン！」

私の新必殺技が、もう一体の小鬼の目を潰《つぶ》しました。

トドメはミズモチさんが体当たりで小鬼を倒してくれました。

「ふっ、二人ともレベルアップしているのですよ！」

私はミズモチさんを抱き上げて、ご近所ダンジョンさんを出ました。

「ミズモチさんご近所ダンジョンさんに怒られてしまいましたね」

《ミズモチさんはプルプルしながら、はいと言っています》

「ですね。ご近所ダンジョンさん。騒がしくして、すいません。今日は帰りますので、怒らないでください」

ボス部屋まで聞こえましたでしょうか？

私はお詫《わ》びに残っていた魚肉ソーセージとアンパンを置いて帰りました。

◇

東京駅にやって参りました。相変わらず凄く広いです。

人も多くてミズモチさんが潰されないように守らなくてはいけません。

でも、お店や見る物が多くて楽しいです。

東京お土産に、東京ばな奈とごまたまご、それに両親と飲もうと思って日本酒を買いました。両親と会うのも四年ぶりになるので楽しみです。

新幹線はだいたい京都に二時間十分ほどで到着します。

駅弁も買い忘れてはいませんよ。

私、シウマイ弁当が大好きなので、実家に帰る時は必ず購入しています。

ミズモチさんには牛タン弁当を購入しました。

ミズモチさんに、ずっとリュックの中へいてもらうのも悪いので、二席確保しました。

ゆったりとミズモチさんと新幹線を満喫します。

もちろん、富士山が見えるほうをチョイスしたので、晴れやかな場合は富士山もバッチリです。

しかし失念していましたね。新横浜を出ると名古屋まで止まらないそうです。

静岡に止まって、ゆっくりと富士山が見れる新幹線を選べばよかったと少し後悔です。

今では、富士山にもダンジョンが出現したそうなので、日本一のダンジョンとして有名になりました。

強力な魔物も多く出現するそうです。

ドロップする装備も凄《すご》い物が発見されているとか。

いや、ご近所ダンジョンさんだけでも、私には十分なので関係ありません。

ただ、冒険者の方々って凄いですね。

一攫千金《いっかくせんきん》を夢見る人たちは危険と隣合わせですが、成功すれば億万長者も夢じゃないというわけです。

私、人生ゲームが子供の頃は大好きだったのです。

最近は人生ゲームとは言わないそうです。

ゲーム内容も変わってしまったとテレビで見て、時代の変化を感じましたね。

そういえば湊《ミナト》さんからあのときの報酬で装備を一新したと連絡が来ていました。

写真も添付されていましたね。

《湊》『阿部《アベ》さんのお陰で冒険者らしくなりました』

届いたメッセージには返信しましたが、添付の写真は見ていませんでした。

「どれどれ」

写真には三人が冒険者らしい格好をした姿で写っていました。

腰に剣を携えて、重いと言っていた鉄の胸当てを付けた高良《タカラ》君。

黒いローブにステッキのような物を持った魔女っ子鴻上《コウガミ》さん。

白いローブに木の杖《つえ》を持った湊さん。

若いっていいですね。

見た目を変えるだけでここまで冒険者らしく見えるものなんですね。

《阿部》『お写真とても素敵ですね。私は今から大阪の実家へ行って参ります。お土産を買ってきますので、楽しみにしていてください』

私が湊さんへメッセージを送るとすぐに既読がつきました。

ついでに矢場沢さんからもメッセージが来ておりますね。

《湊》『お気を付けて行ってきてくださいね。お土産楽しみにしてます』

大阪のお土産ってなんでしょうか？

京都なら八ッ橋かな？

《矢場沢》『昨日はありがとうございました。本日は実家に帰られると言っておられたので、お気を付けて』

ふふ、矢場沢さんは本当に見た目とのギャップが凄いですね。

あの派手なメイクを止《や》めればいいと思うのですが、あれも一種の個性なんでしょう。

私からは何も言えませんね。

《阿部》『ありがとうございます。今、新幹線が走り出したところです。行って参ります。お土産を買って帰りますね』

お昼の新幹線でしたので、新横浜を越えたら駅弁を食べましょうかね。

食べている間に富士山が見えてくるでしょうか？

「ミズモチさん、もう出てきていいですよ」

《ミズモチさんはプルプルしながら、はいと言っています》

窓際の席をミズモチさんにお譲りして、私は通路側に座ります。本日のミズモチさんの大きさは、マグカップサイズです。人の目もありますからね。

他の方に「魔物がいるぞ！」と騒がれるのも困りますので、席は取りましたが、なるべく見えないようにしてもらっています。

「テーブルを出しましたので、どうぞ牛タンを堪能してください」

いつもは体に取り込んで消化してしまうミズモチさんですが、本日はお弁当にミズモチさんが取り込まれて、なんだかお弁当の中をミズモチさんが泳いでいるように見えます。

「ふふ、どんな景色が広がっているんでしょうね。美味しいですか？」

《ミズモチさんはプルプルしながら、はいと言っています》

「それはよかったです」

私もシウマイ弁当を開けましょう。

シウマイ弁当に入ったアンズが好きなんです。タケノコ煮も最高ですよね。

そして、メインのシウマイは冷めても味がしっかりしていて、ハァ、美味しいです。

駅弁のひんやりさと温かいお茶が結構好きです。

お弁当を片付けた後は、ミズモチさんと遊びます。

小さなミズモチさんは、どこから見ても水餅《みずもち》さんです。

突《つつ》くとプルプルしていて、撫《な》でてあげるとプルプルしていて、膝の上に乗せるとプルプルしています。ミズモチさんが可愛《かわい》すぎて、すぐに京都についてしまいました。

あっ、ちゃんと富士山の写真は撮ることができましたよ。

富士山の上に乗るミズモチさん。

なかなかに絶景ですね。

京都駅は四年ぶりですが、景色はそれほど変わりませんね。

お土産屋さんで八ッ橋と赤福餅も追加で購入です。

私が好きなんです。

懐かしい電車の乗り継ぎを終えると、枚方市駅に到着です。

東京から三時間ほどでついてしまうので、案外早いですね。

「随分と駅から見える景色が綺麗《きれい》になりました」

ダンジョンが各地に出来たため、駅前には冒険者ギルドの看板が見えています。

私は家へと帰るためにバスに乗り込みました。

「ミズモチさん、もうすぐですよ」

《ミズモチさんはプルプルしながら、はいと言っています》

「あっ見えてきました。ただいま」

玄関から中へ入ると、自宅で和裁をする母と父の姿がありました。

「秀雄《ヒデオ》。あんた早かったね」

四年ぶりに会う母は少し老けていました。

「おう、男前になったたな」

父の頭髪を追い越してしまいました。

「ただいま帰りました。今日は私の友人のミズモチさんも一緒です」

そう言って二人に掌《てのひら》サイズのミズモチさんを紹介しました。

「なんやこれ？」

「うん？　スライム？　お前……、その年で……」

「違いますよ。魔物のスライムなんです。ちゃんと生きています。私、冒険者になってビーストテイマーをしているんです。こちらは魔物のスライムで、ミズモチさんです」

《ミズモチさんはプルプルしながら、はいと言っています》

「おお！　動いた。ホンマや！」

「あらあら、なんや可愛いやん」

二人はノリよく、ミズモチさんを受け入れてくれました。

あとがき

初めまして、作者のイコです。

この度、『道にスライムが捨てられていたから連れて帰りました』をお手に取っていただきありがとうございます。

本作は、第8回カクヨムWeb小説コンテストライト文芸部門において、特別賞を受賞することができた作品になります。

小説サイト《カクヨム》で、趣味で小説を投稿しておりましたが、ランキングを駆け上がる作品を書けたことで、コンテストに出す決意をして、こうして賞までいただくことができました。

受賞を認めてくださった、カドカワBOOKSの編集Kさんには多大な感謝と一緒に話を良い物語へ昇華させてくださった恩を感じております。

また、私の難しい注文を聞いて、イラストを描いてくださった、いもいち先生には申し訳なさと、最高のイラストを描いてくださったことに心からの感謝をお伝えしたいと思います。たくさんの方々にご協力いただき本作を出すことができました。ありがとうございます。

本作は、四十歳になった主人公という、ラノベ界ではあまり主人公になりそうにない年代のオジサンが、スライムというファンタジーモンスターと交流を持つことで、人生を見つめ直し、周りからの評価も変わっていくという話です。

現代ファンタジー世界で、セカンドライフをやり直すことがテーマになっています。ある程度の年齢になると直面する問題は現実とリンクするところがあり、そこにファンタジー的な要素も組み込んでコミカルに書き上げられたらと試行錯誤しました。

少しでも皆さんが読んだ時にクスッと笑って共感してくれることを願います。

共に笑い、共に悲しみ、共に苦しみ、共に楽しいと思ってもらうことで、本書を楽しく読んでもらえたらいいなぁ〜。

主人公の阿部秀雄《アベヒデオ》さんの頑張っている姿に、そして、相棒であり、プルプルと震えて可愛《かわい》らしいミズモチさんに癒やされてくれることを心から願っております。

最後に、この本を手に取ってくださった皆様に最上の感謝を捧《ささ》げます。

お便りはこちらまで

〒102－8177
カドカワBOOKS編集部　気付
イコ（様）宛
いもいち（様）宛

カドカワBOOKS

道《みち》にスライムが捨《す》てられていたから連《つ》れて帰《かえ》りました
～おじさんとスライムのほのぼの冒険《ぼうけん》ライフ～

2024年4月10日　初版発行

著者／イコ
発行者／山下直久
発行／株式会社KADOKAWA
〒102-8177
東京都千代田区富士見2-13-3
電話／0570-002-301（ナビダイヤル）

編集／カドカワBOOKS編集部
印刷所／大日本印刷
製本所／大日本印刷

Printed in Japan
ISBN 978-4-04-075347-8 C0093

新文芸宣言

かつて「知」と「美」は特権階級の所有物でした。

15世紀、グーテンベルクが発明した活版印刷技術は、特権階級から「知」と「美」を解放し、ルネサンスや宗教改革を導きました。市民革命や産業革命も、大衆に「知」と「美」が広まらなければ起こりえませんでした。人間は、本を読むことにより、自由と平等を獲得していったのです。

21世紀、インターネット技術により、第二の「知」と「美」の解放が起こりました。一部の選ばれた才能を持つ者だけが文章や絵、映像を発表できる時代は終わり、誰もがネット上で自己表現を出来る時代がやってきました。

UGC（ユーザージェネレイテッドコンテンツ）の波は、今世界を席巻しています。UGCから生まれた小説は、一般大衆からの批評を取り込みながら内容を充実させて行きます。受け手と送り手の情報の交換によって、UGCは量的な評価を獲得し、爆発的にその数を増やしているのです。

こうしたUGCから生まれた小説群を、私たちは「新文芸」と名付けました。

新文芸は、インターネットによる新しい「知」と「美」の形です。

2015年10月10日
井上伸一郎

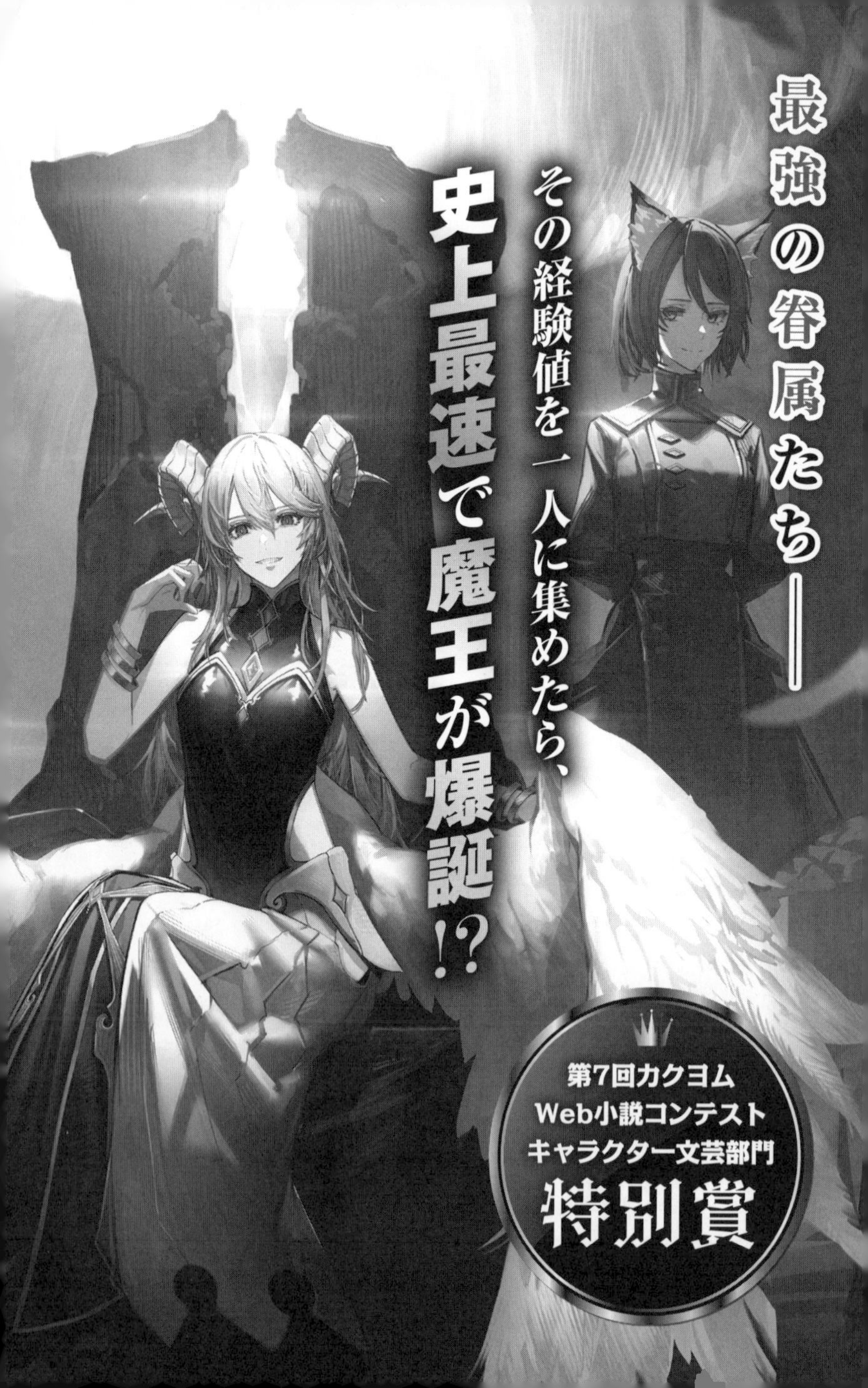
最強の眷属たち――
その経験値を一人に集めたら、
史上最速で魔王が爆誕!?
第7回カクヨム
Web小説コンテスト
キャラクター文芸部門
特別賞

歩くたび増えていく
新しい出会い、新しいスキル
この世界で、のんびり旅はじめます。
異世界ウォーキング
1
コミックス好評発売中！&
講談社
「マガジンポケット」にて
コミカライズ好評連載中!!
漫画：小川慧

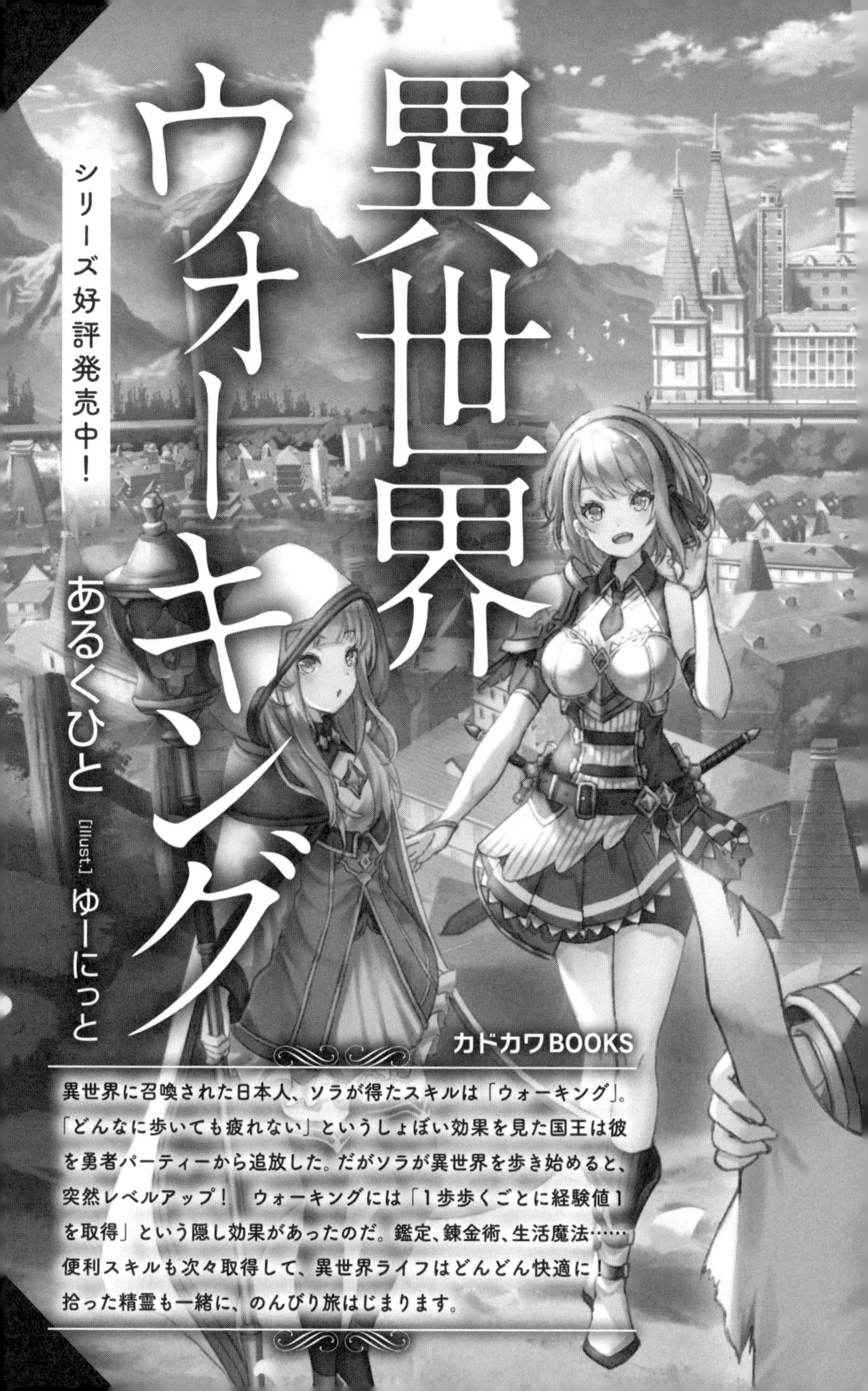
異世界ウォーキング
シリーズ好評発売中！
あるくひと
[illust.] ゆーにっと
カドカワBOOKS
異世界に召喚された日本人、ソラが得たスキルは「ウォーキング」。「どんなに歩いても疲れない」というしょぼい効果を見た国王は彼を勇者パーティーから追放した。だがソラが異世界を歩き始めると、突然レベルアップ！　ウォーキングには「1歩歩くごとに経験値1を取得」という隠し効果があったのだ。鑑定、錬金術、生活魔法……便利スキルも次々取得して、異世界ライフはどんどん快適に！拾った精霊も一緒に、のんびり旅はじまります。

奇跡に詠唱は要らない——
気弱で臆病だけど最強な
魔女の物語、書籍で新生！

重版続々！
サイレント・ウィッチ
沈黙の魔女の隠しごと
Secrets of the Silent Witch
B's-LOG COMIC
ほかにて
コミカライズ連載中！
コミックス
好評発売中！
作画：桟とび
依空まつり　Illust 藤実なんな
〈沈黙の魔女〉モニカ・エヴァレット。無詠唱魔術を使える世界唯一の魔術師で、伝説の黒竜を一人で退けた若き英雄。だがその本性は――超がつく人見知り!?無詠唱魔術を練習したのも人前で喋らなくて良いようにするためだった。才能に無自覚なまま“七賢人”に選ばれてしまったモニカは、第二王子を護衛する極秘任務を押しつけられ……？
気弱で臆病だけど最強。引きこもり天才魔女が正体を隠し、王子に迫る悪をこっそり裁く痛快ファンタジー！
シリーズ好評発売中！
カドカワBOOKS

百花宮のお掃除係
黒辺あゆみ
イラスト しのとうこ
転生した新米宮女、後宮のお悩み解決します。
シリーズ好評発売中！
カドカワBOOKS
前世の記憶をもったまま中華風の異世界に転生していた雨妹。後宮へ宮仕えする機会を得て、野次馬魂全開で乗り込んでいった彼女は、そこで「呪い憑き」の噂を耳にする。しかし雨妹は、それが呪いではないと気づき……